図書館内部の写真

前線で本を読んでいる兵士

アブー・マレク・アル＝チャミの壁画

右端が“教授”、白いジャケットを着ている人物がアフマド、後列左から二番目の帽子をかぶっている人物がシャディ、真ん中の帽子をかぶっている人物がジハード（別名フッサム）

創元ライブラリ

戦場の希望の図書館

瓦礫《がれき》から取り出した本で図書館を作った人々

デルフィーヌ・ミヌーイ

藤田真利子◆訳

東京創元社

LES PASSEURS DE LIVRES DE DARAYA
Une bibliothèque secrète en Syrie
Delphine Minoui

This book is published in Japan
by TOKYO SOGENSHA Co., Ltd.
Japanese translation rights arranged with Éditions du Seuil
through Japan UNI Agency, Inc., Tokyo

戦場の希望の図書館

ダラヤの不服従者たちへ

「自由な言葉を閉じ込められる牢獄はない。情報が行き交うのを妨げられるほど固い封鎖もない」

二〇一六年四月二十三日、シリアの牢獄から解放された反体制派マゼン・ダルウィーシュがワールド・プレス・フォトに語った言葉からの抜粋

プロローグ

イスタンブール　二〇一五年十月五日

その画像は奇妙だった。シリアの地獄から出てきた、血も銃弾の痕もない謎めいた写真。横顔を見せた二人の男の周りを本の壁が取り囲んでいる。一人は開いた本を覗き込んでいる。二人目は本棚を見ている。二人とも若い。二十代で、一人はスポーツジャケットを肩にかけ、一人は野球帽をかぶっている。その窓のない部屋で、二人の顔を照らす人工照明が場違いな感じを強めていた。まるで戦争の合間に聞こえるか細い息のようだ。

この写真に呼ばれたような気がした。たまたまフェイスブックで『シリアの人たち』というシリアの若い写真家集団のページを見ていて出てきたものだ。写真の説明を読んだ。これはダラヤの中にある秘密の図書館だという。わたしは大きな声で繰り返した。「ダラヤの秘密の図書館」三つの音がぶつかりあった。ダ・ラ・ヤ。反逆の町、ダラヤ。包囲された町、ダラヤ。飢餓の町、ダラヤ。ダマスカス郊外のこの町についてわたしはいろいろと読んだし、また書きもした。二〇一一年の反乱が始まった地の一つであり、二〇一二年以来アサド政権の軍隊によって包囲され、爆撃されていた。その爆弾の下、包囲された町の地下で本を読んでいる若者たちの姿がわたしの好奇心を惹きつけた。

この写真にはどんな物語が隠されているのだろう。その裏面はどうなっているのだろう。逆向きの構図で撮った写真があるのだろうか。この画像はわたしにつきまとい、通行不能で歩くには危険すぎるシリアに、磁石のようにわたしを惹きつけた。スカイプやワッツアップ（メッセンジャーアプリ）を通してメッセージをいくつも送り、とうとうその写真の撮影者、アフマド・ムジャヘドの手がかりを見つけた。アフマドはこの地下の広場を作った人の一人だった。外部への唯一の窓である接続の安定しないインターネットを通して、アフマドは語った。荒れ果てた町、廃墟となった家々、火と埃《ほこり》、その瓦礫《がれき》の中から数千冊の本が救い出され、この紙の避難場所に集められて、全住民がそれを利用できること。彼は何時間も、反乱の町の灰から生まれた文化遺産救出計画を詳細に語った。それから、絶え間ない爆撃のこと、空腹のこと、飢えを紛らわす木の葉のスープのこと、それに、心を満たすための際限のない読書のこと。爆弾に相対して、この図書館は彼らの隠れた砦だった。本は、生きていくための特訓の武器だった。

彼の物語は魅力的だった。彼が震える声で発したのは、ダマスカスの元首アサドが執拗に封じ込めようとしている平和への叫びだった。イスラーム国のジハード主義者が根絶しようとしているのもこの地下の領土だった。反体制の反乱が始まった最初の頃に、平和的なデモの拡声器から生まれた民主化を求める第三の声は、イスラーム原理主義とそれを弾圧する政府という二極構造として語られる現在の紛争の中で、永遠にかき消されそうになっている。彼らの革命の記録はそれを書き留めるようにわたしにささやきかける。

だが、それは危うい試みだ。見もせず、体験もしないことをどうやって語ればいいのだろう。情報操作の罠に落ちないようにするにはどうすればいいのか。情報操作はアサド一人の独占物ではない。読んでいる本とは別に、この若者たちはどんな政治的な計画を持っているのだろう。体制側が思わせようとしているとおりに、彼らはイスラームの兵士なのだろうか。それとも、単に服従を拒む活動家なのだろうか。わたしはダラヤとイスタンブールを隔てる距離を測った。千五百キロメートル。ダラヤに行くありとあらゆる方法を調べた。無駄に終わった。ダマスカスに行ったのは二〇一〇年が最後で、当時わたしはベイルートに住んでいた。シリアの首都に行くために新聞記者用のヴィザを取ったことはなかった。それに、ダマスカスに行ったとして、包囲されている郊外の町にどうやって入ればいいというのだ。二〇一五年の秋、国連でさえも最低限の人道援助も届けられずにいた。トンネルとか、溝とか、秘密の抜け道とかはあるのだろうか。インターネット回線の向こうで、アフマドはあらゆる入り口は塞《ふさ》がれていると断言した。残るは無鉄砲な人間が通る隣町モアダミヤへの通路だけだ。だが、そこを通るとしたら夜になってからで、狙撃や砲撃の危険を覚悟で行かなくてはならない。

だからといって、力ずくで下ろされた鉄のカーテンを理由にこの話を葬り去っていいものだろうか。目の前で繰り広げられるリアルタイムの比類のない蛮行を、何もせずに見ているだけでいいのか。

目を開き、パソコンの画面越しに町の光景を見る、それは現実を歪《ゆが》める危険を冒すことだ。目を閉ざす、それは現実に沈黙を強《し》いることだ。バッシャール・アル＝アサドはダラヤをかぎ括弧でくってしまうことを望んだ。錠をかけて閉じ込めたがった。わたしはそのかぎ括弧を開きたい。最初に見たあの写真以外の画像を繰り広げて人々に見せたい。禁じられた町のシルエットを線描するだけに終わらざるを得ないとしても、その不完全な線を引く覚悟はある。すべてのドアががっちりと閉められているのなら、それを語るには言葉しか残されていない。

書くこと、それはこの不条理を理解させるために真実のかけらを寄せ集めることだ。

数日後、わたしはこの計画を知らせるために再びアフマドを呼び出した。彼はどう答えるか不安に思いながら。

スカイプの向こうに、最初は長い沈黙があった。

わたしは繰り返した。

「ダラヤの図書館についての本を書きたい」

突然、金属的な雑音が割り込んできた。こんな無限に繰り返される脅威と恐怖の夜の中にいる彼にとって、この計画はつまらないことに見えるに違いない。金属音の嵐が過ぎると、また彼の声が聞こえてきた。

「アーラン・ワ・サーラン《いいとも》！」

熱狂もあらわな彼の声に、わたしは画面のこちら側で微笑んだ。アフマドがわたしのガイドになる。わたしは注意深い耳となる。

わたしは一つ約束をした。いつか、彼らのことを書いたこの本は、ダラヤの図書館の棚に仲間入りするだろうと。

そしてそれは、ダラヤの生きた記憶となるだろう。

アフマドは、最初は遠くからの声だった。薄闇の奥から漏れ聞こえるか細い希望の祈りだった。初めて接触できたのは二〇一五年十月十五日、彼がダラヤに閉じ込められてからほぼ三年になろうとしていた。ダマスカスから七キロ、政権によって包囲され、飢えて、彼の町は石の柩となっていた。アフマドは残った最後の一万二千人の一人だった。はじめのうち、言葉を聞き取るのが難しかった。おずおずと弱弱しい声で口ごもりながらしゃべり、その声も年中聞こえる爆発音でずたずたになっている。爆発音の合間に彼の顔を見つめる。革命のはじめ頃回収できた小さな衛星アンテナを利用してなんとかつないだインターネット回線のご機嫌しだいで、その顔はパソコンの画面に現れたり消えたりする。

顔は引き伸ばされたり歪んだりしてまるでピカソの絵のようだ。黒ぶちの眼鏡の下の丸い頬が楕円形になり、数千の立方体となって砕け、分厚い黒いカーテンに覆われて消える。再びピクセルが組み立てられると、わたしは彼の唇を読む。そして、エンピツを噛《か》みながら耳を傾けるのだ。

彼は自己紹介した。アフマド、二十三歳、ダラヤ生まれ、八人兄弟だ。革命の前はダマスカス大学で工学を学んでいた。革命の前は、サッカーと映画と植物を育てるのが好きだった。革命の前は、ジャーナリストになることを夢見ていた。父親がその夢を早々に押しつぶした。父親が友人の前でこぼした一言で十二カ月投獄された後のことだ。法廷では〝権力への侮辱〟と裁定された。それが起きたのは二〇〇三年のことで、アフマドは十一歳だった。暗い思い出が心の奥に身を潜めた。

そうしたら、革命が起きた。二〇一一年三月にシリアが目覚めたとき、アフマドは十九歳、反逆の年齢である。いまだにトラウマが残っている父親は、彼が街頭に出るのを禁止した。アフマドはダラヤ初のデモには行けなかったが、二回目のデモでは平和に行進した。群衆のただ中で彼は大声で唱えた。「シリアはみんなのもの」革命の意識が芽生えた胸の中で何かが破けた、まるで一枚の紙のように。初めての自由の鼓動だった。

週が過ぎ月が過ぎ、デモも続いた。ラジオの中で、バッシャール・アル＝アサドの声は威嚇《いかく》的だった。「我々は勝つ。譲歩はしない。反対する者は根絶やしにする」政府の軍隊は群衆に向かって発砲した。最初の銃弾がうなりをあげた。だが、アフマドと仲間たちはさらに大きな声で叫んだ。「自由！　自由！」しかし反乱者の中には自らの身を守るために武装する者もいた。全員を牢屋に放り込むわけにもいかず、アサドは町ごと錠をかけた。二〇一二年十一月八日のことだった。他の多くの家庭と同じように、アフマドの家族は荷造りをして、隣の町に避難した。家族はついてくるように懇願したが、彼は拒否した。これは僕の革命なんだ、僕たちの世代の革命なんだ、と。爆撃の下で、アフマドはカメラを手に取り、とうとう子ども時代の夢を実現した。真実を語ることである。彼は町の新しい評議会が作ったメディアセンターに加わった。日中はダラヤの荒廃した通りを縦横に歩き、ずたずたになった家々やけが人であふれた病院、犠牲者の埋葬など、外国のメディアには近づけないこの見えない戦争のわずかなことでも伝えようとビデオに収めた。夜になると、その動画をネットに上げた。

一年が過ぎた頃、希望と不安のあいだで、彼は暴力に麻痺していた。二〇一三年末のある日、友人たちが手助けを求めてきた。崩れ落ちた家の下に本を見つけて、それをどうしても掘り出したいのだという。

「本?」彼は驚いて問い返した。

戦争のさなかだというのに、突飛なことをと思った。生命を救おうとしてできずにいるのに、本を救って何になるというのか。彼は読書家ではなかった。彼にとって、本というのは嘘とプロパガンダの味がするものだった。本といったら、小学校の教科書の中で馬鹿にしたようにこっちを見ているアサドとそのキリンのような首だった。彼はしぶしぶと壁の裂け目を通って友人たちについていった。玄関のドアは爆発で引きちぎられている。壊れたその建物は小学校の校長だった人の家で、持ち主はすべてを置き去りにして町を逃げ出していた。アフマドは慎重に一歩一歩居間まで行った。一筋の光が部屋を照らしていた。板張りの床に残骸と本が散らばっていた。彼はゆっくりと膝をつき、適当に一冊拾い上げた。砂埃で黒くなった表紙を爪がひっかく音がまるで何かの楽器を鳴らしているようだった。本のタイトルは英語だった。自分を知ることについて言っているようだ。おそらく心理学の本だろう。アフマドは最初のページを開き、彼には話せない外国語でも耳になじみのあるいくつかの言葉を読み取った。ほんとうはテーマなど何でもよかった。彼は震えた。

彼の中のすべてが揺れ始めた。知の扉を開いたときの心を乱すざわめきだった。一瞬、紛争の日常から逃れる感覚、たとえわずかでも、この国にある書物のひとかけらを救ったという感覚。そのページをくぐり抜けて未知の世界へと逃げ出すような感覚だった。

アフマドは本を胸に抱えてゆっくり立ち上がった。今度は、震えているのは身体全体だった。

「あの、最初のデモのときと同じ、自由の震えだった」モニターの向こうで彼はささやいた。

アフマドは言葉を切った。顔がまたピクセルのパッチワークになった。爆撃のせいで接続が途切れた。わたしはモニターを見つめた。ため息をついているのか、大きく息を吸って彼はまた話し始めた。その日、残骸の下に見つけた他の本のタイトルを並べた。アラブと外国の文学、哲学、神学、科学。手の届くところに知識の海があった。

「でも、さっさとしなきゃいけなかった。外では飛行機がごうごう音を立ててる。僕たちは急いで本を掘り出し、ピックアップトラックの荷台いっぱいに本を積み上げた」

それからの日々、廃墟を回って本の収集が続いた。捨てられた家、荒れ果てたオフィス、壊れたモスク。アフマドはすぐにこの作業が好きになった。本を探しに行くたびに、瓦礫の下にある打ち捨てられた紙の束を見つけ出し、埋もれた言葉を生き返らせることに無限の喜びを感じるようになった。探索は素手で、ときにシャベルの助けを借りて行われた。学生、活動家、反逆者など、全部で四十人ほどのボランティアが飛行機が沈黙する隙を狙って残骸を掘りに行った。一週間で、六千冊の本を救い出した。すごいじゃないか！　一カ月後、集められた本は一万五千冊になった。小さな本、大きな本、でこぼこになった本、角が丸くなった本、読み取れない本、非常に珍しい本、とても貴重な本。そうなると、置いておく場所、保護する場所が必要になった。シリアの文化遺産の小さなかけらが煙となって消え去らないうちに保存しておく場所が必要だ。全員で協議した後、公共図書館計画が立ち上がった。アサド政権下のダラヤには図書館がなかったのだ。だからこれは最初の「反逆の町のシンボル、周りのすべてが崩れ落ちているときに、何かを作り上げた、その象徴なんだ」とアフマドは説明した。彼は言葉を切り、考え込んでからこう言った。わたしはこの言葉を決して忘れないだろう。

「僕たちの革命は作り上げるためのもので、破壊するためのものではない」

攻撃を恐れ、この紙の博物館は極秘のうちに運営されることになった。名前もつけられず、看板も出さない。レーダーも砲弾も届かない地下の空間で、そこに利用者が集まってくる。避難としての読書。すべての扉に鍵をかけられているときに、世界に開く一ページ。必死に探して、仲間たちはある建物の地下を見つけ出した。住人から放棄されたその建物は前線の近くにあり、狙撃手からも遠くない。だが、ロケット弾の射程からは離れていた。大急ぎで棚板が切られ、壁に鑿《のみ》で穴が開けられた。長椅子が二、三脚集められた。外側には、窓の前に砂袋が積み上げられ、電気がないのを間に合わせるために発電機が据えられた。次の日から、密かな本の運び屋たちは、集めた本の汚れを拭い、破れを修理し、仕分けし、記録して揃えた。テーマ別に分類し、アルファベット順に棚いっぱいに並べた。本はとうとう、もとのきちんとした姿を取り戻した。

開館前に、最後に片付けなければならない仕事が残っていた。ひとつひとつに番号を振ることだ。そして、最初のページにもとの持ち主の名前がていねいに手で書き込まれた。

「僕たちは泥棒じゃないし、略奪者でもない。この本はみんなダラヤの住人の持ち物だ。死んだ人もいるし、町の外に行ってしまった人もいる。まだ逮捕されたままの人もいる。戦争が終わったら、それぞれの持ち主が取り戻せるようにしたいんだ」

この言葉を聞いてわたしは鉛筆を置いた。彼の市民意識に感動したのだ。これほど他人を尊重していることに対して言葉が出なかった。毎日、この若者たちは死と隣り合っている。仲間の大部分はすべてを失った。住居、友達、両親。そんなめちゃめちゃな中で、彼らはまるで生命にしがみつくかのように本にしがみついている、よりよい明日への希望を持って。文化を希求する心によって、彼らはデモクラシーの理想型をこつこつ作り上げていた。現在成熟途上にあるこの理想型の萌芽《ほうが》たちが立ち向かっているのは、政府の圧制であり、それと同時に、シリアの古代都市パルミラを破壊し、二〇一五年にはイラクのモスルで図書館に火を放った黒い旗の兵士（イスラーム国の兵士）の野蛮さだったのである。彼らは略奪者の破壊に対抗する平和の傭兵だった。

また一つ爆発音がして会話が途切れた。アフマドは平静に会話を再開した。開館の日、祝いが慎ましやかだったことを語った。ジュースも果物も花飾りもなかった。友人たちが集まっただけだった。だが、なんといっても、そう、なんといっても、またもや胸の中でざわめくその感覚は、最初のスローガンを叫んだときのようだった。間もなく、図書館は包囲された町の支柱の一つとなった。礼拝の日である金曜を除き、九時から十七時まで開館し、日に平均二十五人の来館者がある。基本的に男性ばかりだ。彼の説明によれば、ダラヤでは女性と子どもはめったに見かけず、家を出ることはほとんどないという。たいていは、父親や夫が持ち帰った本を家で読むことにしている。樽爆弾が空から降ってくるといけないからだ。

「先月は六百くらい樽爆弾を落とされた」とアフマドは言った。

彼の友達で共同図書館長をしているアブー・エル＝エズはその被害にあったばかりだ。二〇一五年九月、図書館に来る途中、ヘリコプターから落とされた樽爆弾が彼の行く手で爆発した。TNTと金属が詰め込まれたその容器はとりわけ破壊的だった。というのも正確に標的を狙うことができないからだ。榴散弾《りゅうさんだん》のかけらが首にあたり神経系が損傷し、アブーは腰まで走る痙攣《けいれん》と疼痛《とうつう》に苦しんでいる。それ以来、安静を言い渡され臨時診療所に入院している。ダラヤでは、生命は紙のように脆《もろ》い。

またもやドロドロと太鼓のような音。爆発音が響いているのだ。アフマドはまた話し始めた。今度は、もう会話を終わらせなくてはならないということだった。わたしたちはまだ知らなかったのだが、その後これと同じような会話が何度も続くことになる。それも、もっと長時間。この引き裂かれたシリアにあって、現実の関係はバーチャルな絆《きずな》に置き換えられた。一晩丸ごとインターネットで話をして過ごすこともよくあった。とにかく、この異常な場所を目に浮かべられるようになるのが待ち遠しかった。壁に色をつけ、一人ひとりの来館者に顔をつけ、カオスから救い出されたすべての本にタイトルをつけなくてはならない。

ワッツアップのメッセージボックスにアフマドから送られた動画があった。これとスカイプとフェイスブックがシリア人お勧めの通信手段である。その動画は二分という短いもので、コメントも字幕もなかった。わたしはスマートフォンに流れるその画像を食い入るように見つめた。ああ、ダラヤの若者たちだ。トレーナーを着てバスケットシューズを履いている。ほらここにも、瓦礫の中で、本を山のように抱えている。

彼らの背後には悲しい装飾がある。大きな穴の開いた建物、根こそぎにされた家、裂け目の入った壁。コンクリートの小山は雑草に覆われている。それなのに、また新しい紙の宝を掘り出している彼らの顔には微笑みがある。混乱に対する小さな勝利だ。ほらまた、小型トラックの荷台に本を積み上げている。それから途中経過抜きに、画面は図書館の内部になる。カメラは新品の書棚を舐め、集められた背表紙の文字を延々と映し出す。部屋の真ん中では数人の来館者がテーブルの周りで本を読んでいた。厚い本に顔を埋め、手の届くところに手帳があり、本が開かれたダラヤ。

画像に見入っていて、最初は流れている音楽に気づかなかった。わたしは細かくメモを取るためにもう一度最初から画像を見た。そのとき、甘く郷愁を帯びたメロディーにはっとした。耳慣れたテンポ。耳を澄まして、ためらう。この聞き覚えのある旋律は何だろう。突然わたしはヤン・ティルセンの曲だと気づいた。映画『アメリ』（原題『アメリ・プーランの素晴らしい運命』）の音楽だ。『アメリ』は大ヒットしたフランス映画で、わたしの若い頃はみんな何度も何度も見たものだ。メールの中で、アフマドはオドレイ・トトゥのファンなのだと打ち明けていた。この映画を何十回も見たそうだ。この映画は、ダラヤの明けない薄闇の中で彼のマントラのようになっている。

こんなに遠いのに、こんなに近い。そしてわたしたちのあいだには戦争がある。

二〇一五年十月二十日、イスタンブール。パソコン画面でスカイプのロゴが点滅し、呼び出し音が鳴っている。そしてアフマドの顔が現れる。〝いいニュース〟があるそうだ。ダラヤ図書館の館長、アブー・エル＝エズが彼の隣にいるという。彼はよくなってきている。数週間ぶりに診療所のベッドを離れることができた。この会話は、反政府派の公式組織である評議会のメディアセンターからかけてきている。図書館からは一キロないくらいの距離だ。センターのネット接続は図書館よりしっかりしている。発電機もあの場所ほど気まぐれではない。安全上の理由から、アブーは顔を出さないでおきたいという。声だけで会話することになった。

「本は僕たちが失われた時を取り戻す手段なんです。もう決して無知なままでいることはない」アブーは小声で言った。

アブー・エル＝エズも二十三歳。アフマドと同じで工学の学問を中断した。アフマドと同じで、本好きだったことはない。大学で読めと言われていた本は、本のまがい物と言ってもよかった。二〇〇〇年に死んだハーフェズ・アル＝アサドの思い出を讃えるために山ほどの紙が無駄にされ、息子のバッシャールのエゴにおもねるためにインクが使われていた。そして、真っ白なページは故意に隠され空白にされた不在者たちの記憶だった。不在者、それは、政治囚、拷問された反体制派、跡形もなく消え失せた対立党の政治家などである。書かれない物語、断ち切られた夢、生き埋めにされた反体制派のパンフレット、殺人マシンや嘘つきマシンの圧力で消えてしまった声。

「革命の前、僕たちは嘘に浸《ひた》っていました。議論する余地などまったくなかった。僕たちは柩の中で生きていたようなものです。日常を継ぎ合わせるのは検閲でした。現実は隠されていた。アサドの父親と息子は地上の神だとみんなが言う。彼らを誉め称える声の中で、彼らのために自分の血も魂も捧げる覚悟があると声を大にして言わなくてはならなかった。学校で何度も言わされたスローガンを思い出します、『アサド、永遠に』。彼は国家と、時と、思考を意のままにする支配者だった」

画面の向こうから聞こえるアブーの声には、危うく生き延びた人間の力強さがこもっていた。脆さと強さが入り交じっていた。彼を苛《さいな》んでいる痛みは想像することしかできない。しかし彼は自分の身体のことは愚痴らず、新しい情熱の対象である本のことを話したがった。彼は本の効用を信じていた。本は身体の傷を手当てすることはできないが、頭の中の傷を癒すことはできるとアブーは言った。実際に、読書という単純な行為が彼にとっては大きな慰めになっている。図書館を作って以来、初めて抱いた感覚だった。ページとページのあいだをぶらつき、いつまでもページをめくり、句読点のあいだで迷子になる。未知の領土を旅するのだ。

「本は僕を支配しない。与えてくれる。僕を去勢するのではなく伸ばしてくれる」

とくに好きなジャンルがあるかと尋ねた。実は何にでも興味があるんだと彼は言った。彼の読書は多岐にわたる。イスラーム政治、アラビア語の詩、心理学とさまざまだ。彼はアメリカの作家、アンソニー・ロビンズの本を例に挙げた。題名は忘れたが自己啓発についての本だ。自分を探すこと、自分だけのしっかりしたアイデンティティを作り上げること。これまでのアサド政権下での生き方とすべてが逆だった。アラビア語に訳されたその本はダラヤの瓦礫の下から出てきたのだ。

「彼の本はポジティブに考えるのを助けてくれます。否定的な考えを追い払ってくれます。今とくに必要なのはそれですからね」

よく図書館に来る人たちはどんなものを読んでいるのだろう、みんなどんなテーマに関心を持っているのか。アブーは説明した。最初の頃は、一人ひとり特徴があった。一冊の本は初めて目にする貴重な遺産のようなもので印象に残る。好奇心旺盛な人はそれほどためらうこともなく適当に手に取る。臆病な人は、一冊を選ぶという考えだけで不安になって慎重に選ぶ。でも、そのうち口コミもあって、いくつかの本が人気を集めた。他人の真似をするというのもあるし、流行というのもある。流行というのも戦争に対する反抗だからだ。

「そんなわけで、ほとんどの来館者は『アルケミスト』を読みました」

「パウロ・コエーリョの？」

「そう、いちばん人気がある本です。来館者同士で手から手に渡って。繰り返し読んだ人が何人もいます」

この世界的ベストセラーが、フランスでは文学批評家の評価が高いとは言えなくても、ダラヤの図書館利用者の関心をそれほど引いたのは、彼らにとってなじみのある概念を単純な言葉で言い表しているからだ。自分への挑戦である。彼らには、自分の夢を見つけ出すためにアンダルシアからエジプトまで旅する羊飼いの旅の話はとりわけ魅力的だったに違いない。彼らはこの本を若い革命家である自分たちの苦難の旅を映し出すものとして読んでいた。物語を羅針盤のように頼りにしているのだろう。おそらくこの物語には、彼らの目にとりわけ貴重な宝が隠されていたのだ。無限の自由という宝である。

だが、読書療法には失われた時を取り返したいという強烈な意志も組み込まれている。六〇年代はじめから政権にあるバアス党独裁の世界しか知らないアブー・エル＝エズの世代にとって、変化を渇望する気持ちは際立ったものだった。

「ほとんどの利用者は僕と同じです。戦争の前には読書が好きじゃなかった。今、ダラヤの若者はすべてを学ばなくちゃならない。ゼロからやり直しているみたいです。だから図書館で〝デモクラシー〟について書いてある本はどれってよくきかれるんですよ」

〝デモクラシー〟、以前はタブーだったこの言葉が今ではみんなの口にのぼる。特別に人気を集め、棚のいちばんいい場所を占めている本がもう一冊ある。イブン・ハルドゥーンの『歴史序説』だ。

「利用者たちはみんな一度はこの分厚い本を見ています。十四世紀のチュニジアの歴史家が自分の経験からアラブ王朝の勃興と衰亡の原因を探る本なんです」

革命後の不確実な状況において、将来のシリアの形についてたくさんの疑問を抱いている彼らに、この現代社会学の先駆者は、権力の支配、争い、経済発展といった基本的な問題についての、解決策とまではいかなくとも、少なくとも考察の手がかりを差し出している。

アブーの話を聞きながら、彼らが別の場所に行くのに、本がどれほど助けになっているかに気づいた。ごく一部しか見えない世界ではなく、検閲がなく、言葉と歴史と考察があふれた新しい場所である。彼らはすべての物語から、これまであまりにも長く奪われてきた知的栄養を汲み取っているのだ。

スカイプを切る前に、また図書館で働くつもりなのかときいた。

「もちろんです!」当然のように彼は答えた。

彼にとってこの場所は単に癒しの場所というだけではない。呼吸するための空気取り入れ口でもあるのだ。シリアの暗い物語の中の希望の一ページなのだ。

それから数日にわたって、十数人の図書館利用者が画面の向こうに現れた。彼らは次から次と、羊皮紙の巻物を広げるように読書のことを語ってくれた。何時間ものあいだ、アラブの詩人ニザール・カッバーニの愛の詩、シリアの神学者イブン・カイイムの本の話をした。新しく夢中になっている本を教えてくれた。シェークスピアやモリエールの戯曲、マルセル・プルースト、南アフリカのクッツェーの小説、童話など。サン＝テグジュペリの『星の王子さま』のことを愛情こめて語る人もいた。傷の手当てをするときに助けになる分厚い医学書に賛辞を呈する人もいた。こうした本はすべて戦争から救い出されて新しい図書館の棚に並んでいたものだ。ダラヤが閉じ込められて以来、この多様な本と同じ数の窓が細く開かれた。遠くから、機銃の音に時々かき消される彼らの声を聞く。彼らはその音にも平然として、ここにある本は彼らの新しい盾なのだと言う。本の一節を丸ごと覚えてしまったとも言う。革命の前は一行だって引用できなかったのに。シリアを血に浸した紛争が、逆説的にも彼らを本に近づけたのだと言う。

自分たちで作り上げたこの自由への出口の中で、読書は彼らの新たな土台となった。彼らは隠された過去を探るために読む。学ぶために、正気を保つために、逃げ出すために読む。本は、はけ口であり、押し付けられる爆弾に対抗する言葉のメロディーだ。読書、このなんということのない行動が、彼らをいつかは平和が戻るという希望につなぎ止めている。

戦争の影にあっても、本に書かれた文章は新たに感動を生み出す。すべてが消え失せる運命にあっても、時の中に残る印を刻む。知恵の、希望の、科学の、哲学の、すべての言葉、爆薬にも耐え抜くすべての言葉全体が息づいている。棚の上に完璧に分類され、整理された言葉は確固として、勝ち誇り、勇敢で、耐久性と信頼性があり、心理を刻み込んでいる。考察の手がかりやあふれるような思想と物語を、そして手の届くところに世界全体を差し出すのだ。

彼らが読書によってこの状況を耐えている姿は魅力的だった。十五年前にテヘランのにぎやかな町で出会った美容師の女性を思い出す。自分の美容院を女性向けの読書空間に変えていた。あるいは、ある日カイロの渋滞の中ですれ違った自転車の移動図書館のこと。読書によって教育水準を上げることを目指していた。本、それは束縛に、時間に、隷属に、無知に対抗する記憶の堆積物である。

若者たちの紙による戦いは、わたしが本の虫であるだけによけいに貴重なものに思える。何度も何度も放火され、破壊されたアレキサンドリアの図書館を初めて訪ねたときの身震いを思い出す。世界最古のフェズの図書館が改修されたばかりという記事を読んで、モロッコに行ってみたいとも思った。図書館には人を落ち着かせるものと、既成の秩序を覆すようなものとが同時に存在する。わたしは図書館の棚のあいだをぶらつき、古い紙の匂いを吸い込み、ページのささやきを聞くのがずっと好きだった。

素晴らしい図書館のあるイスタンブールでは、フランス文化センターで開かれるお話し会が最高の時間だ。娘のサマラとわたしはそのお話し会に必ず出席することにしている。娘は家でお話し会ごっこをして遊ぶのが大好きだ。週末になると自分の部屋に人形を並べ、お話を選んで〈フランス文化センター〉ごっこをする。わたしは世界銀行による最近の研究を好んで引用するのだが、それによると本を読む人はより長生きし、より幸せな生活を送るのだという。本は幸せの鍵を握っているのだろうか。少なくともそう信じさせるだけの力を持っているのだろう。ダラヤの薄闇の中で、アフマドと友人たちは無意識のうちに文化によって生き延びるという本能を備えていた。

読書療法は普遍的なのだ。平時にあっても、戦時にあっても。

図書館の様子が明らかになっていく一方で、わたしはメールや文書や写真を集めて図書館のある町そのものの輪郭を明確にしようとしていた。スナップ写真を集めて仕分けし、日付を書き付け、詳細を調べ、標識やロゴを読み取り、微細な地理的目標を探した。

グーグルマップで遠くから見ると、ダラヤは他の中東の郊外の町と何ら変わりがない。灰色がかった建物がレゴのブロックのように並んでいる。近くに寄ると、その建物と見えたものは裸にされた骨組みでしかなく、それどころか、錆びた鉄板や窓ガラスの破片が入り交じった残骸が続いているだけだ。

包囲された町の地図はしだいに形をなしてきた。これがダラヤだ。ダマスカスから南西にたった七キロの場所にある青天井の牢獄。西側にはモアダミヤがある。この町もまた反乱の町で政府によって包囲されていた。北側の丘の上にあるメッゼ空軍基地には空軍情報部の本部があり、アサドに忠実な第四機甲師団が守り抜こうと構えている。

わたしは辞書を開いた。古いシリア語ではダラヤというのは〝たくさんの家〟という意味がある。今では建っている家がほとんどなくなった町の名前がこれとは、なんという皮肉だろう。爆撃が激しくて道路の真ん中にクレーターができているところもある。こうした画像と同じように印象的なのは、街路に人がいないことだ。シャッターが下ろされ、学校は見捨てられ、パン屋は営業を停止している。ダラヤはほとんどの住人に見捨てられた亡霊の町である。革命の前には二十五万人だった人口が一万二千人にまでなったとアフマドは説明していた。そのうち二千人は戦闘員だ。彼がスカイプやワッツアップに現れるたびにわたしは質問攻めにした。空の色はどうか。戦闘の音はどうか。爆薬の臭いはどんなふうか。彼は信じられないほど我慢強かった。最初の会話のとき聞き取りづらかった声はその後しっかりしてきた。ためらいがちなところも減り、話し方も滑《なめ》らかになった。彼が自分の町を語るとき、彼に宿る力を感じられる。

何度目かの爆発で接続がおかしくなると、彼の声はヘリコプターの音に対抗して絡まり、ぎくしゃくし、わたしの書斎をバラバラの支離滅裂な言葉でいっぱいにして、ふと静かになった瞬間に、ようやく一貫した言葉が聞こえてくる。何時間ものあいだ、彼はダラヤのことを話した。その多様性のこと、町に二つある教会では少数派のキリスト教徒がなんのトラブルもなく自分たちの信仰を実践していること、実が長く、甘くて有名な白ブドウのこと。政権が取り上げたがっている豊饒《ほうじょう》な農地のこと。甘いワインと花のつぼみで知られた郊外のこの農業地帯は、今では滅亡の危機にある。

　わたしは、Urbicide《都市の抹殺》という言葉について考えた。ユーゴスラビア紛争の当時、建築家ボグダン・ボグダノヴィッチによって見直された言葉である。都市の抹殺、それはあらゆる手段を使って一つの町を破壊し尽くすことだ。無力なわたしたちの目の前で、破壊マシンが暴走している。夢を根こそぎにし、風景を飲み込み、自分の図式を押し付けるために、通り道にあるものすべてを消滅させる。物理的、地理的、そして人口統計上の破壊である。力ずくで消してしまうこと、それは世界の専制君主の古典的手法である。

「でも、どうしてこれほどダラヤに執着するんでしょうね?」

数えきれない会話のついでに、ある夜、こんな質問をしてみた。どうして、そう、どうして政府はここまでしてこのダマスカス郊外の町を恐怖の実験室に変えようとしているのか。

アフマドはゆっくりとうなずき、答えるまでに時間をかけた。「なぜかと言うと、ダラヤは他の町とは違うからです」そして付け加えた。「ダラヤ市民の抵抗を理解するには、革命のずっと前までさかのぼらなくてはならない、過去を調べなくてはならないんです」

そしてアフマドは町のことを話し始めた。

九〇年代のこと、シリアは、一九八二年にハーフェズ・アル＝アサド政権によって犯されたハマーの大虐殺からなんとか立ち直ろうとしていた。ムスリム同胞団の反乱を押しつぶそうとしたこの虐殺は、一万三千人が命を失う結果に終わり、事件の総括はまったく行われていない。事件の大きさにもかかわらず、すべてが闇に葬られた。当時はまだ携帯電話もインターネットもなく、政府が常に情報を支配していた。一九六九年以来政権にあるアサドのアラウィー派王朝によって敷かれてきた恐怖のシステムを強化するには、ただ虐殺の噂だけで十分だった。ハマーから二百二十八キロにあるダラヤの人々がその噂をするのは、扉が閉ざされ、カーテンが引かれ、子どもが寝てからのことで、しかも小声で話すのだった。シリアの他の場所でと同じように〝政府〟という言葉はささやき声でしか口に出されない。〝治安《amn》〟とか〝国家《dawle》〟と漠然とほのめかす。そして太陽の鼻先が顔を出し夜が言葉を飲み込むと、人々は再び沈黙の中に閉じこもるのだった。

しかし、九〇年代の末、ダラヤの三十人ほどの活動家が密やかに恐怖の壁に穴を開けた。彼らは同じモスクの仲間で、数少ない逃げ道の一つであるそのモスクで密かに会合を開いていた。そのモスクの導師《イマーム》は進歩派の聖職者だった。彼を囲んであぐらをかいてすわり、クルアーンを学び、反主流派の宗教の著作を読んだ。中でもよく読んだのはジャウダト・サイード――シリアのマハトマ・ガンジーともいうべきムスリムの思想家で、非暴力の概念を紹介している。ずっと後になって貼られた〝テロリスト〟というレッテルとは逆に、彼らは交流と寛容のスンニ主義を推奨していたし、密かに集められたものの中に武器は一つもなかった。

ある日、彼らは行動に移ることを決め、読書によって啓発された一連の一般向けの行動を企画した。環境保護のための啓発活動、地域への街路清掃の呼びかけ、腐敗との戦い……。本のおかげで、新しい種類の市民運動が生まれたのだ。

ハマー虐殺のときアフマドはまだ生まれていなかった。やはり小さすぎてダラヤのグループのことも覚えていない。しかし、この九〇年代のことを話すとき、彼の言葉は賢い生徒のように正確だった。「包囲は逆に過去への扉を開いてくれたんですよ。実際、僕は二〇一二年以来すごく過去のことを教わりました」

町の現代史を取り戻すその授業をしてくれるのは包囲された仲間であるムハマド・シハデ三十七歳である。若い友人たちとアフマドは彼に〝教授〟とあだ名を付けている。図書館の地下で彼らに英語を教えてくれているからだ。それに、この年上の仲間は〝ダラヤの若者たち〟として知られた、あの名高い抵抗運動グループの中心人物の一人でもあったので、尊敬の意味もこめられている。樽爆弾の落ちてくる合間に、ときには人の少ない夜中に、彼は心を開き若者たちに話をした。ダラヤの非暴力抵抗運動の芽生えのこと、〝アラブの春〟がシリアに届くずっと前に控えめに行われていた抵抗運動のこと。アフマドは飽かずに彼の話に耳を傾けた。教授は彼が常に夢見ていた思考の師だった。アサド一族が決して容認しようとしない〝知識〟を受け渡す運び屋の一人だった。父のハーフェズだけではなく、息子のバッシャールのときも、〝ダマスカスの春〟は彼が権力につくと早々に弾圧の軍靴《ぐんか》に踏みにじられてはかなく終わった。教授は、裏切られた希望、断ち切られた変化への試み、それでもくじけなかった反体制派の強さについて語った。教授のおかげで、新しい世界が地平線の向こうに顔を出した。疑問を持てる世界、意見の交換ができる世界、寛容の世界である。

「いろんなことが教授のおかげなんですよ」とアフマドは言った。

彼は教授をわたしに紹介したくてたまらないようだった。たとえそれがバーチャルなやり取りであっても。繰り返される爆撃のせいで約束はいつも不確実だ。とりあえずのところ、夜明けを待ってアフマドは教授の考えを話してくれる。そして、禁じられた詩を朗読するかのように、教授から聞いた思い出を夢中になって語った。語り口は冷静で、正確だった。記憶だからこそ。

二〇〇二年四月、ダラヤ初のデモの理由となったのはある出来事だった。イスラエル軍がヨルダン川西岸のジェニン難民キャンプを攻撃したのだ。教授と仲間たちは大衆を動員できると確信した。報復を恐れて、集会は静かに行われた。プラカードがいくつか掲げられただけだった。イスラエルの攻撃を非難するもの、〝変化〟を呼びかけるもの。スローガンはクルアーンの一節からとったものが多かった。たとえばこんなふうに凝縮された暗示の言葉である──「神は自ら変わろうとしない限りあなたのために何もできない」。そして、教授のこの確信は後にアフマドの耳にささやかれることになる。「わたしたちの問題はイスラエルではない。アサドでもない。わたしたちの問題は、わたしたちの臆病さ、教育の欠如《けつじょ》、物事を動かそうとする勇気の欠如なんだ」その日、十人ほどの女性を含む二百人以上がデモに参加した。警察が遠巻きに警護していた。トラブルはなかった。独裁者から盗み取った四十分の自由、恐怖に対する大いなる勝利だった。

アフマドは話し、わたしは黙っていた。彼はその時代の記憶を羨望と賛嘆とともに取り込んでいた。話の正確さは、他人の経験から学ぼうとする人の印だ。一年後の二〇〇三年、アメリカのイラクへの軍事介入がデモへの興奮を高めた。今回はアメリカ製タバコのボイコットキャンペーンが行われた。四月九日、再び二百人ほどが街路に出て、隣国の占領に反対して静かに行進した。そのときばかりは、デモの方向性は政府と同じだった。政府もやはり米軍の作戦に反対していたのだ。政権に近い高名なシリアのイスラーム法学者もイラクでの聖戦《ジハード》に賛成する勧告《ファトワー》を出していた。だから、ダラヤの反体制派たちはデモをしても安全だと感じていた。

しかし、政府はこの大衆の勢いを心配し始めた。政府の目から見て勢いが強すぎるように見えたのだ。一カ月後、デモを組織した二十四人の活動家が逮捕され、〝体制転覆の試み〟の廉《かど》で投獄された。その中に教授も入っていた。教授の犠牲は大きかった。力ずくの尋問が三カ月、その後、悪名高いサイドナヤ刑務所に三年の投獄を言い渡された。苦しみはあったが、知識は増えた。刑務所の中で教授はムスリム同胞団やサラフィー主義者、イラクやアフガニスタン帰りのジハード主義者などと顔を突き合わせて暮らした。そのジハード主義者たちを、二〇一一年の革命のときアサドは恩赦という形式で故意に釈放することになる。一方で平和的なデモ参加者が逮捕されているというのに。教授が政権に対立する政党の大物と知り合いになったのもやはりサイドナヤ刑務所の中だった。たとえば共産党リーダーのアブドゥル・アジズ・カイールである。教授が本の中に逃げ込むことを学んだのもサイドナヤの中だった。図書館の創設に直接参加こそしていなかったが、この経験が後になって若い友人たちに影響を与えたのである。

二〇〇五年、教授は予定より早く釈放された。レバノンの元首相ラフィーク・ハリリがベイルートで暗殺されたばかりのときだった。シリア政府は関与を疑われ国際的な圧力を感じていた。政府は囚人の一部に恩赦を与えて風当たりを弱めようとした。しかし元囚人への圧力は残ったままだった。教授は一カ月おきに情報部に召喚され、国外に出ることを禁じられた。大学は彼を望まなかった。だが彼は慌てず翻訳家に転身した。恋に落ち、結婚し、家族を作った。「ただの模範的家族なんてもんじゃない、インスピレーションの源ですよ」とアフマドは言う。

ダラヤでは何年か比較的平穏なときが過ぎた。二〇一一年三月、〝アラブの春〟が始まったとき、新しい事件が住人を揺るがした。シリアの別の町ダルアーで若者たちが学校の壁に〝ドクター、お前の番だ〟と落書きした（アサド大統領は医師免許を持つ）。このメッセージは、チュニジアのベン＝アリ、エジプトのホスニ・ムバラク政権の崩壊に影響されて、バッシャール・アル＝アサドに直接宛てたものだった。無礼な若者たちは逮捕され、拷問され、親たちを深い悲しみの淵に沈ませた。怒りは急速にシリアの町に広がった。アラブイスラーム圏を伝染していく熱病に冒され、他の町もその動きに追随した。先駆者たちに倣《なら》って、ダラヤは真っ先に目覚めた町の一つとなった。三月二十五日金曜日、九〇年代のグループは再び抗議行動を開始した。教授は大急ぎでスローガンを書いた。「ダラヤからダルアーまで、みんな尊厳がある」デモ参加者が声を揃えて繰り返した。群衆はみるみるふくれあがり、一時間ほどのうちに数千人ほどがデモ禁止に反抗していた。大成功だった。

若い世代がすぐ後に続いた。アフマドは父親に参加を禁止されたが、二回目のデモから運動に加わった。彼は自分の〝初めてのデモ〟をありありと覚えている。胸が燃え上がっていた。叫びすぎて声が割れた。そこにいるだけで嬉しかった。いろんな光景が胸にあふれる。女性たちが結婚式のときのように群衆に米をふりかける。肩車された子どもたちが未来に目を向ける。アラウィー派のアサドが社会分断を狙って即座に〝スンニ派の反乱〟と決めつけた革命を、ドルーズ派やキリスト教徒といった少数派たちも支持しにきていた。そしてあの声を揃えた叫び、「ジェンナ《天国》！ジェンナ《天国》！」。九〇年代の市民革命がこうして引き継がれた。

「みんな心の底から叫んでいた。信じられない気持ちだった。独裁政治に対して、僕たちは一つになっていた。最初の頃、政権を倒そうなんて思っていなかった。僕たちは、もっと正義と平等と、要求に応えてくれることを願っていたんです。そしたらすべてが変わって、こんな思いもしなかったことに」

最初の銃弾がうなりを上げたとき、若い参加者たちは創造性を倍加した。彼らは兵士たちにバラの花と水の瓶を渡したのだ。瓶にはこんなメッセージが括《くく》りつけられていた。〝わたしたちはあなた方の兄弟です。殺さないでください。この国はわたしたちみんなが生きていけるくらい大きい〟これを思いついたのはギヤト・マタール、二十六歳の仕立て屋だった。彼のメッセージは政府をいらだたせた。政府が言う、憎しみに満ちた宗教狂いで完全武装の反逆者集団というプロパガンダとはまったく違ったからだ。二〇一一年九月六日、ギヤト・マタールは逮捕された。三日後、拷問を加えられた遺体が家族のもとに帰された。若者は性器を切り取られ、喉が切り裂かれていた。アフマドと友人たちが〝小さなガンジー〟と名付けた若者の拷問死は、政府の言いようのない残虐さの予兆でしかなかった。

〝たくさんの家〟の壁の奥では、密かに武装を始める住民たちがいた。軍隊からの離脱や反乱計画を語る者もいた。アフマドや大多数の反体制派は暴力の罠に落ちることを拒んだ。集会のたびに、必ず発せられる言葉があった。〝平和主義《シルミィエ》、平和主義《シルミィエ》、たとえやつらが一日百人殺そうとも〟教授や古い人たちの市民精神に倣って、彼らは平和的な運動の路線を維持し続けた。彼らは公共の建物を守るために交替で働き、討論集会に参加し、『わたしたちの国のブドウ《エナブ・バラディ》』という地下新聞を発行し、住民たちに今後の推移についての客観的な情報を与えた。彼らは遊撃デモの上級者になり、日中が危なければ夜にデモをした。〝殉教者〟の葬儀はまた新たな集会の理由となった。しかし政府はもはや生者どころか死者にも敬意を払わなくなった。

二〇一二年二月、葬儀の真っ最中にメッゼ空軍基地の戦車がやってきた。三十人ほどが殺された。「その出来事は記憶に刻まれている。今でもその黒い土曜日のことが話に出ます」とアフマドは言った。

それから、想像もできないことが起きた。二〇一二年八月二十五日、その戦車がまた町に来た。「ラマダンの最中だったんですよ」とアフマドは言う。三日間の激しい爆撃の後、政府軍の兵士がダラヤを攻撃した。通りという通り、家という家を。抵抗でもしようものなら、住人は壁の前に並ばされ、一人ひとり銃殺された。男性、女性、子ども、無差別に。デモ参加者への集団的懲罰だった。水の瓶と花束への懲罰だった。デモ隊にふりまかれた米への懲罰だった。この革命のはるか前から続く平和を求める旅に対する懲罰だったのだ。アフマドは隠れ家に閉じこもっていたので、三日後に軍隊が出て行くまで大虐殺があったことを知らなかった。十数人の犠牲者の遺体がモスクの中庭に集められていた。五百人ほどの犠牲者のために、急遽墓地が作られた。「実際、殺されたその場で埋められた人のことも数に入れると、きっと七百人くらいにはなっていたと思う」とアフマドは説明した。

その合計には、襲撃のあいだに逮捕された活動家の数も含まれていない。のちに、そうした人たちが拷問されて死んだことが明らかになった。軍警察の写真係によって撮影された数千人の遺体の写真が載った〝シーザー・フォト〟と呼ばれる文書が表面化したからだ。

「僕は崩れ落ちた。もう自分の町だと見分けられなかった」

茫然とする彼の目の前では、一家の父親たちが虐殺を後にして脱出の道を選んでいた。だが、彼の抵抗者の心は残ることを決めた。そして、団結するのだ。十月、ダラヤの評議会が創設された。そして全体の合意のもとに、反政府軍の萌芽である自由シリア軍の二個小隊が町を守るために新たに作られ、評議会の監督下に置かれることになった。これもまた、ダラヤの市民意識による他の町とは違うやり方だった。

バッシャール・アル＝アサドは抵抗されることを好まなかった。二〇一二年十一月八日、彼は再び報復に出て、今度はダラヤを封鎖した。この制裁の予告を聞いて、新たに脱出の波が起きた。アフマドの両親もこのとき町を出た。両親は彼に一緒に行くよう懇願した。未知への恐怖はあったが、アフマドは残ることを選んだ。

「革命は途中でくじけちゃだめなんだ」とアフマドは力をこめて言った。

その後の成り行きは想像もしていなかった。翌年、二〇一三年八月二十一日、二発のミサイルがダラヤの夜空を切り裂いた。不思議なことに、続いて起きるはずの爆発音がなかった。その代わり、数分後には、ダラヤの診療所は同じ症状を訴える患者であふれた。痙攣、瞳孔《どうこう》の収縮、呼吸困難。ダマスカス郊外の他の反体制の町と同様に、ダラヤは化学兵器の爆撃にあったのだ。ダラヤ、ザマルカ、ドゥーマ、モアダミヤで、ミサイルは非常に毒性のあるガスをぶちまけた。そのガスはフランスの情報機関によって素早くサリンと同定されることになる。

パリ、ロンドン、ワシントン間で協議が始まった。ロシアと中国の拒否権が発動されうる国連安全保障理事会を回避しつつ、たとえ軍事作戦に移らなくてはならないとしてもシリア政府を制裁することに合意した。アメリカ大統領のバラク・オバマは最初こそ威勢はよかったが、イギリス下院がシリアへの介入を否決すると前言を撤回して議会の議決に委せた。議会は最終的に軍事作戦に反対した。ロシアの提案によって、シリアの化学兵器は廃棄に向けて国際管理下に置かれることになった。住人を蚊帳《かや》の外においた制裁はダラヤにとって高くついた。その攻撃の後、反体制の町は残虐さの実験室と変わった。バッシャール・アル＝アサドは罰せられず、弾圧をさらに強め、アフマドと反体制の人々の命を圧迫したのである。

「でも、立ち向かわなくてはならなかった。やられっぱなしじゃいけない。教授が教えてくれたようにがんばってやりとげなくては」

そうして二〇一三年末のある日、瓦礫《がれき》から本を救い出すという考えが異論の余地のないものとして目の前に現れた。最初はためらっていたアフマドも納得するようになった。暴力の罠に落ちるのを拒んでアサドの主張を否定すること以上にいい反抗方法はないだろう。バッシャール・アル＝アサドは彼らを生き埋めにしてやると断言した。町と最後の住人を、家々を、木々を、ブドウを、本を、覆い隠すと言っている。

廃墟から、紙の砦が立ち上がる。ダラヤの秘密の図書館である。

アフマドの話を聞いた数日後、二〇一五年十月の末頃、メールボックスを開くとアフマドからのメールがあった。タイトルは「図書館の規則」。読んでみる。

一　図書館員の許可なく本を借りることはできません
二　指定の日までに忘れず本を返してください
三　返却が大幅に遅れた人は、他の本を借りることができません
四　他の人の静穏を尊重し、騒音を立ててはいけません
五　図書館をきれいに使いましょう
六　本はもとの場所に戻しましょう

末尾で説明してくれていたが、この注意書きはＡ４の紙に印刷して、みんなによ

く見えるように地下の入り口の柱に貼りつけてあるのだそうだ。

この若者たちは素晴らしい。混乱のただ中にあって、図書館は無国境地帯になっている。秘密の隠れ家で、そこでは本が違反行為も防弾チョッキもなしに流通している。その安全な場所で親密さだけではなく、倫理と規律の精神を築き上げた。おそらくは、こうしたことによって彼らは自分を保っていられるのだろう。一緒に生きるという考え、そして、正常さの感覚が暴力の前線から彼らを遠ざけている。もっと意外なのは、自由シリア軍の兵士たちも熱心に図書館に通っているということだった。

「いちばん熱心な利用者は反政府軍の兵士です。本物の活字中毒です。見つけたものを何でも読む。友達とあだ名を付けたんですよ。〝イブン・ハルドゥーン〟って。それほどそのチュニジアの歴史家の本に鼻を突っ込んで過ごしているからです」アフマドは笑った。

翌日、アフマドはオマール・アブー・アナス、別名〝イブン・ハルドゥーン〟をわたしに紹介した。いつもの配置、パソコン一つ、向かい合わせの椅子が二つ、背景では戦争の音が響いている。

「アーラン・ワ・サーラン《よろしく》」とオマールは言った。

彼は非常に抑制されたシリア方言を話す。文学に使われるアラビア語に似ている。学者の本を読んだことが語彙《ごい》に影響を与えているかのようだ。ピクセルの雲の合間に、顔の細い髭《ひげ》が見える。そして、通訳してくれる友人の貴重な助けを借りて、彼の話に耳を傾ける。

オマールもまたエンジニアになろうとしていた。革命前のことだ。この紛争が彼の人生を狂わせるまでは。

「政府軍が僕たちに実弾を撃ち始めたとき、デモ参加者を守らなくてはならなかった。それで僕は学問を捨てて、戦うことを志願した。武器を持ったのはそのときが初めてだった」

オマールは二十四歳で反政府軍のリワ・シュハダ・アル＝イスラームに加わった。それとアジュナド・アル＝シャムというのが自由シリア軍の南部前線にある二つの旅団である。間違って兵士になったこの若い戦闘員は、ダラヤのおおぜいの息子たちの一人である。彼らは十八歳から二十八歳で、たちまち戦争の前線に立たされた。政府軍から脱走した指揮者たちとは違って、戦闘の経験はまったくなかった、大学の階段教室で隣り合っていた仲間だったり、住んでいる家が隣だったりする彼らは、爆弾や戦車を相手に三人で一つの武器を持って戦った。

リワ・シュハダ・アル＝イスラームというのは〈イスラーム殉教者旅団〉という意味だ。混乱を引き起こしているのはこの名称なのか……

「自分のことをジハード主義者だと考えている？」

わたしはわざと挑発してみた。客観性への懸念もあったが、好奇心もあった。シリア政府が繰り返す狂信者、テロリストのレッテルがほんとうはどうなのか正確を期す必要もあった。長い沈黙が返ってきた。顔が赤らんだ。怒っているのだろうと思った。するとオマールは長いため息をついて静かに話し始めた。

「政府と戦うことを選んだのは、僕の故郷、僕の国、自由への権利を守るためです。戦うのは好きで選んだことではありません。必要だったのです。多様性を尊重するためです。変化を要求する厚紙の切れ端を掲げていたという理由で、友達が目の前で倒されたとしたら、他の参加者を守ろうという欲求以外に何が残ります？　残念なことに、すべてはこんなふうに始まったのです。それから、政府の爆弾の下で、暴力の連鎖が始まりました」

彼の言葉は明快で、よくジハード主義者がわたしたちに浴びせかける挑発的でイデオロギー的な専門語は使われていなかった。一度も〝アッラーの偉大さ〟、〝イスラームの復讐〟、〝十字軍の陰謀〟など、狂信的なイスラーム原理主義者が会話やインタビューで好んで使う表現を使わなかった。実際、二〇一一年の革命スローガンと同じ純粋さの響きがあった。自由への渇望と、身を守るために武器を取ったこと。画面の向こうで、オマールは話を続けた。

「ジハードについては……僕たちを狂信者として悪いイメージを植え付けようとする人たちに対しては、僕の答えは簡単です。僕たちはイスラーム教徒だと言います。

そうなんです。これは僕たちの文化です。でも、宗教を詐称することには反論します。それをやっているのがアル＝ヌスラ戦線――これはアルカーイダのシリア支部みたいなものですけど――でも、イスラーム国でも……あの連中は僕たちの思想の代弁者ではない。連中はそれを歪《ゆが》めている。忘れないでください、反乱が始まったのは、正義と人権を要求してであって、イスラームを要求したわけではありません」

彼の人生で本が決定的な重要性を持ち始めたのは正確にはどの時点だったのか、わたしは知りたかった。図書館が始まったときですか。それとも特定の本の一節を読んだとき？

「戦争が何年も続きかねないと理解したときかな。もう、頼る者は自分自身しかないと気づいたときです」

そのときから、本はもはや存在しない大学の代わりとなった。自分で学ばなくてはならなかった。空白を埋めなくてはならない。空白は彼らに時代遅れの考えを押し付ける狂信者たちを助けるだけなのだから。

「本はすぐに重大な影響を発揮しました。僕が自分を見失わないように助けてくれたのです」

こうしてオマールは手に入る本すべてを貪《むさぼ》り読むようになった。

「イブン・ハルドゥーンが大好きです。政治の本や神学の本をたくさん読みました。でも、国際人権や社会科学関係の西洋の著作にも興味があります。新しい政治制度を作り上げる準備をするなら、他の思想体系を学ぶしかありません」

それ以来、彼は戦争と文学のあいだで二重生活を送っている。片手にカラシニコフ、もう一方の手に本。彼は前線に〈ミニ図書館〉まで作った。きちんと整理された十数冊の本が土嚢《どのう》の陰に隠されている。それは他の反政府軍兵士にも影響を与えた。爆弾が静かになると、兵士たちは本を交換し、読書の助言を与え合う。

「戦争は悪です。人間を変えてしまう。感情を殺し、苦悩と恐怖を与える。戦争をしていると、世界を違ったふうに見るようになります。読書はそれを紛らわしてくれる。僕たちを生命につなぎ止めてくれるのです。本を読むのは、何よりもまず人間であり続けるためです」

オマールにとって、読書は生存本能だ。生きるために欠くことのできない欲求なのだ。外出許可をもらうたびに、彼は図書館に急ぎ、新しい本を借りる。本は彼に取り憑いていて、彼を離さない。武器だけを道連れに夜と向かい合うとき、彼は本を読む。彼は本を信じ、言葉の魔法を信じ、本の効用を信じている。本、魂を手当てするもの。停止している時の中に人を脱出させる謎めいた錬金術。童話に出てくる親指小僧の小石のように、一冊の本は次の本に導いてくれる。つまずき、前に進み、立ち止まり、また歩き出す。彼は言う、本の一冊一冊に物語と人生と秘密が含まれている。

「たくさん読んだ中で、いちばん好きな本というのがある？」

「『アル＝カウカー！』」彼は即座に答えた。

『殻』、わたしはその本を知っている。この革命の前に読んだ。冷ややかでぞっとするような本だ、シリア人でキリスト教徒のムスタファ・ハリフェが〝砂漠の牢獄〟と呼ばれる、悪名高いパルミラ刑務所で十二年を過ごした後で書いたものだ。一人称で書かれ、ハーフェズ・アル＝アサド政権下で自分が投獄されたときの看守の残虐さと拷問、悪夢についてのおぞましい描写がちりばめられている。このような恐怖の記録を読もうというオマールの勇気に驚嘆した。日常目にしている恐怖では足りないとでもいうようではないか。

「アサド父子の政権下では、この本は禁止されていた。政府の実際の残虐さについての情報はできるだけ手に入らないように検閲されていた。僕たちのほとんどは、革命が始まって最初にそのことを実際に知りました。アサドの軍隊が僕たちを虐待し始めたときです。今の僕たちには自分たちの過去に目を向けることが大事なんだ。疑いと絶望のとき、そのことが僕たちの戦う理由を思い出させてくれるから」

『殻』の残酷さにもかかわらず、オマールはその本に特別な絆《きずな》を感じている。その本は一つの扉を開いてくれた。彼の国の隠された歴史への扉である。記憶を根絶やしにしようとする思考の独裁者に対抗する読書。わたしは後に、以前は禁止されていたこの本が図書館で人気を集めていることを知った。さらに貴重なのは、この本が見つかった場所である。教授の友人でもあり、九〇年代グループの一人で反体制派のヤフヤ・チョルバジの家だったのだ。二〇一一年、チョルバジは、ダラヤの〝小さなガンジー〟ギヤト・マタールと同じときに逮捕された。それ以来、家族は彼の消息を知らない。だが、彼の名前は今でもすべての人の口にのぼる。そして、図書館で作られた伝統に従って、その名前は本の最初のページに掲げられている。

オマールがこの本を特別に好きなのは、自分の境遇を映してみるからだろう。閉ざされた場所でどのように生き延びるのか。強制的に閉じ込められた状態をどのように耐えるのか。

彼はその中の一節を引用してくれた。

「過去を思い返し、未来を夢見る。これが習慣となった。目覚めながら見る夢である。大きな喜びを与えてくれ、わたしの麻薬となる。わたしは夢を少しずつ作り上げる、細かい部分をつけたし、デッサンし、訂正する。何時間もすわり、あるいは横になり、その中に浸《ひた》りきって自分のいる現実を忘れる。すべてが美しく容易な一つの現実に移動するのだ」

オマールは顔を上げた。まだ本の中に迷い込んだままで、言葉を継ぐ。

「『殻』は僕が自分を映すことのできる鏡なのです。もっと悪いことを耐えられるようにと身の周りに作り上げる覆いなのです。危険から身を守るために潜り込む甲殻なのです」

彼の本への揺るぎない信仰は、第一次世界大戦の兵士たちの証言や手紙を思い出させる。前線にいた二年のあいだに八十冊の本を読んだ高等師範学校の学生マルセル・エテヴェのこと。山岳部隊の大尉ロベール・デュバルルのこと。大尉の妻は彼が塹壕《ざんごう》で読むための本を送り続けたという。有名なフランクリン協会のこと。協会は三百五十の兵舎に図書館を建設するための資金を援助した。脱出するための読書、自分を見つけるための読書、存在するための読書……

ダラヤの若者たちのあいだでは、それ以上の意味があった。その場所では、読書は反逆の行為でもあった。これほど長いあいだ奪われてきた自由を確認する行為だったのだ。

包囲状態に置かれているにもかかわらず、彼らの読書の選択は第一次世界大戦の兵士たちよりもずっと変化に富んでいる。当時、良心的兵役拒否の考えを植え付けられるのを恐れた司令部が本を定期的に篩《ふるい》にかけていた。ダラヤでは出版物の検閲はいっさいなく、活動家や自由シリア軍の兵士が瓦礫から救い出した数千冊の本はすべて図書館の棚に並ぶ。また、読みたいというリクエストの多い本が図書館になければ、新しいテクノロジーがすべてに応えてくれる。革命当初に設置された小さな衛星アンテナのおかげでインターネットに接続でき、たくさんの哲学や政治学の本がダウンロードされ、利用者は直接自分の携帯電話で読むことができる。

「友達が僕のスマートフォンに本をたくさん送ってくれるんですよ。ほんとうに助かります。とくに図書館に行って新しい本を借りる時間がないときなどには」

彼の夢は、話に聞いたマキャベリの『君主論』の電子版を手に入れることだ。通話を終わる前に、その本のアラビア語訳を探してみようと約束した。そしてわたしは彼が前線に戻って行く姿を想像した。最高に不吉な本にさえ出てこないほどの、あらゆる危険が待っている前線へ。

ダラヤというパズルのピースは少しずつ埋まっていった。アフマド、アブー・エル＝エズ、オマールの後、十人ほどの活動家と兵士たちがバーチャル会話に参加してくれた。集まった情報を突き合わせるために、通話を減らした。レバノンに逃亡中の対立党の政治家に会いに行き、トルコ南部のガジアンテプに日帰りで行って、亡命中のダラヤ評議会の元議員に話を聞いた。書いているこの本について、ジャーナリスト、外交官、人権活動家と話した。イスタンブールに帰ると、九〇年代の市民運動の活動家と知り合いになった。彼らは異口同音にダラヤは特別だと言った。困難に耐える強さの象徴というだけではなく、他にはない統治の模範なのだという。ダラヤは戦争の中でも、市民が軍隊をコントロールし続けているのだ。

そしてわたしはアフマドに質問し続けた。

ジハード主義者の問題が頭を離れなかった。ダマスカスでは、政府寄りのテレビ、アッドゥニアが決まり文句を繰り返している。「ダラヤはテロリストの巣窟だ、排除しなくてはならない。本気で倒さなくてはならない」政府のでっち上げ、国が嘘をついていることは確かだ。だが、それでもわたしはすっきりさせたい。ダラヤにはイスラーム原理主義のテロリストがいるのかいないのか。いるとしたらそういう人は少数派なのか。

アフマドはわたしの質問をメモした。そして答えた。

「あなたには正直に言います。反乱が始まった最初のとき、ダラヤのデモ参加者の大多数はシリア革命の緑と赤の旗を掲げていた。それからほんのわずかな人たちがあの悪名高い旗、黒地にイスラームの信仰告白を白で染めた旗を掲げ始めた。最初はそのままやらせておいた。結局、僕たちは一つの考え、一つの色だけを押し付ける権力の支配にさんざん苦しんできたわけだから。それに、あの旗は預言者を意味するもので、アルカーイダとか特定の運動を意味しているわけじゃない。旗印としてイスラームを掲げるのは、押さえつける政府にノンを言うやり方の一つだったんです。

もっと後になって、二〇一二年の末にダラヤがアサドの軍に包囲されたとき、アル＝ヌスラ戦線の戦闘員が五、六人やってきた。隣のモアダミヤとの通路を利用してまだ町に入り込める時期だったのです。自由シリア軍の兵士たちは戦い始めたばかりで、イスラーム国はまだ誕生していなかった。アル＝ヌスラ戦線のことはあまりわかっていなかった。それで、そう、誘惑された人もいました。とくに若者は、影響を受けやすい。きっと無知だからでしょう。それに絶望もあった。それか単に反抗精神なのか。

アル＝ヌスラについた人たちはあっという間に教授のグループとうまくいかなくなった。教授たちを西洋の手先、イスラームを侮辱している、カフィール《不信心》と非難したんです。緊張があり、いざこざが起きて、リワ・シュハダ・アル＝イスラムとアジュナド・アル＝シャムの指揮官とのあいだで文書に調印しました。全員の合意なしに他の軍事組織を作らないという文書です」

ここでまた知恵の声がダラヤの大勢を占めた。ラッカとは逆である。ラッカは反アサドのもう一つの抵抗拠点で、アル＝ヌスラ戦線、次いではイスラーム国に攻め落とされ、革命の三年後にはイスラーム国のシリア首都となった。ダラヤはジハード主義者と真っ向から立ち向かうこととなった。アル＝ヌスラ戦線の戦闘員は自分たちの主義を押し付けることができず、結局はどこかに消え去った。二度と帰ってこなかった。ダラヤがジハード主義者を追い出すのに成功したのは、その厳密で独特な組織のおかげもあった。ダラヤでは他のほとんどの反政府派の拠点と違って、軍事的な決定は自由シリア軍ではなくダラヤ評議会が下す。戦争のせいで不安定ではあるが、評議会は完璧に組織されていた。十あまりの部局があり、行政、軍事、司法、財政には広報担当の係が付き、保健、住民サービスまであった。それだけで小さな政府のようだ。

「打ち明けなければならないことがあります」とアフマドは続けた。「僕も迷った時期があるんです。武器を取って戦うことには反対だったけど、最初はアル＝ヌスラ戦線の言うことに惹きつけられました。あのグループにはどこか魅力的なところがあったんです。話の内容はよく練り上げられていました。彼らがアルカーイダに近いなんて想像もしていなかった。素朴にも彼らが僕たちを支援しにきてくれた、僕たちの革命を守るために来てくれたんだと思っていた。なんといっても、体制を変えたいという同じ意思を持っているんだって。そしたら、すぐにほんとうの顔が見えた。他の地方でやっている自爆攻撃、自分たちが支配したい地域で恐怖を押し付けていること、自由シリア軍戦闘員の拉致、殺害などです。そういうテロ行為はジハード主義者のイスラーム国とは違ってシリア国内にとどまってはいたけれど、シリアに黒い足跡を付けようとしていた。イスラームの覆いの下に、領土的、思想的野心を隠していた」

宗教版の〝都市の抹殺〟だった。町と人々を唯一の思考の人質に変えようとする邪悪な意思。

「僕たちの町の独特なところは、反アサドの側で戦っている人もみんなダラヤの人間だということです。基本的に職業軍人じゃなくて、革命のときに政府の銃弾から身を守るために初めて武器を持った若者たちなんです。三分の一は、オマールみたいな元学生です。ばかばかしいのは、バッシャール・アル＝アサドは僕たちのことを外国の戦闘員が入り込んでいると非難しているくせに、アサドの軍はロシア軍の航空機や、イラン、イラク、アフガニスタン、パキスタンの民兵の支援を受けてて、それで穏健な反対勢力を押しつぶそうとしているところです。

バッシャール・アル＝アサドはプロパガンダ装置を働かせて、自分がイスラーム国に対する唯一の砦だと西洋諸国を説得しようとしている。実際は、政府の残虐さが相手をますます過激にしているだけなのに。アサドは雑草を抜く代わりに、それを育てているんだ。もしほんとうにテロをなくしたいんなら、政府はとうの昔にラッカを爆撃していただろう、ダラヤじゃなく」

アフマドは黙った。政治的な話はもうたくさんだ。彼はもともとの主題に戻ろうと言った。図書館である。

「本は僕たちを救ってくれた。反知性主義に対する最高の盾になってくれたんです。最善の日々を約束するものなのです。僕たちは忍耐を学ばなくちゃいけない。フランスはここを通り抜けた。革命は一日でできるものじゃない。こないだみんなと『レ・ミゼラブル』を見たんですよ。ビクトール・ユゴーの原作を映画化したものをインターネットでダウンロードしたんです。落ち込みましたよ！　でも、同時に、自分にこう言い聞かせたんです。何年もかかったけれど、フランスは望むものを手に入れることができた。社会正義、デモクラシー、人権。それでまた希望を持つことができました。いちばん好きな『アメリ』を何回も見たとき、僕の中に生まれる希望と同じです」

二〇一五年十一月十三日、わたしはイスタンブールでボスポラス海峡のそばに集まって友達と誕生日を祝った。地獄のような現実からの小休止だった。前日、二件の自爆攻撃がベイルートを揺るがした。前月には首都のアンカラで二件自爆攻撃があった。シリア政府が穏健な反対派と戦争している一方で、イスラーム国の怪物は我が道を行き、イラクとシリアのあいだにある自称領土の国境を越えて攻撃を波及させている。地域一帯を打ちのめしている悲観的な状況にもかかわらず、イスタンブールは国際都市のままで、トルコ、レバノン、シリア、アフガニスタン、イラン、エジプト、フランス、アメリカの友人たちが集まって一夕を過ごすことができる。この多様な町には、それぞれが亡命の傷を癒し、あるいは早すぎる喪に服すための場所が用意されている。

二十三時三十分、食事が終わる頃、トルコ人の友人が近寄ってきてささやいた。

パリで何が起きたか見た？　わたしは彼を見た。スマートフォンを手に持って真っ青な顔をしている。差し出されたスマートフォンの画面には赤い警告が点滅していた。フランスのスタジアムで爆発があった。十区と十一区のカフェのテラスで発砲事件があった。バタクラン劇場で乱射事件。わたしは両親と姉と友人たちに電話した。相手が出るとわたしは機械的に繰り返した。「大丈夫？」役割が逆転していた。アラブ系のさまざまな国で十八年暮らした後、初めてその質問をする方になった。夕食会は不安と、電話、苦悩のうちに終わった。安心するためにお互いの耳元にささやくちょっとした言葉、大丈夫、大したことないという振りをするために。そして、翌朝、悪夢から抜け出す目覚めがやってくる。

だが、悪夢は現実だった。

テレビではそのことしか話していない。死者は少なくとも百二十八人。負傷者が四百人以上。そして犯行声明はイスラーム国のもので、〝忌まわしさと邪悪さの首都〟を標的にしたのだという。一月の〈シャルリー・エブド〉社襲撃以来、パリは再び大きな衝撃を受けた。傷ついたパリ。生まれた町が暴力に捕えられたことを知るのはどれほど衝撃的なことだろう。避難所のパリ、負けることはなく、戦争と戦争のあいだにも、革命と革命のあいだにも、政変と政変のあいだにも、人々が元気を取り戻すために行く場所。突然、地図は混乱した。ここで戦争があり、あそこで戦争があり、他の場所で、家で、街角で戦争がある。前線のない戦争だ。

娘が起きた。機嫌のいい顔をしなくては。何も悟らせないように。おや、今日は土曜日で、もうすぐ十一時になる。十一時はお話し会の時間だ。欠かすことのできない儀式。サマラと一緒に、朝ご飯を抜いてコートを着る。街路に出ると、娘の小さな手を取る。シミット（トルコの代表的なパン）売りとすれ違い、タクシム広場に着いて人ごみを通り抜ける前に猫を撫でる。

イスティクラル通りの入り口にあるフランス文化センターの国旗は半旗になっていた。庭は人けがなかった。視聴覚室にはわずか五、六人の子どもに向こう見ずな親たちが緊張した面《おも》もちで付き添っていた。そしてお話し役のジュリーは悲しみの蒼白な顔で、それでも定位置についていた。

わたしたちは席についた。ジュリーは若い聴衆の前にまっすぐ立ち、ゆっくりした動作で本のいっぱい入った鞄を開け、適当に一冊取り出してページをめくった。彼女の最初の一言でその空間は慰めの毛布で覆われた。親切な妖精が子どもたちにお話を読み聞かせすると、それが突然大人たちへの意味を持った。逃げ出すための物語、脱出のための本。

わたしは周りを見回す。本棚にきちんと並べられた本、入り口にかけられたコート、お話し役の前に並んだ小さな椅子、そこにはどこか安心させるようなものがあった。そして初めて気がついたことがある、視聴覚室は地下にあった。毎週土曜日、娘とわたしは階段を下りてここに来ていた。保護の殻。ダラヤと同じように。

家に戻ってすぐわたしはパソコンの電源を入れた。悪いニュースから逃げ出したいという気持ちともっと知りたいという気持ちが半々だった。メールソフトを開くとアフマドのメッセージがあった。アフマドはわたしがパリにいると思っていたのだ。

「フランスで起きた出来事にほんとうに心を痛めています。

ダラヤの僕たちはあなたの側に立ってテロに反対します。もしも僕たちの苦しみがこれほど深くなく、爆撃がこれほど激しくなければ、連帯の印に蠟燭《ろうそく》をともしていたことでしょう。ですが、僕たちには大したことはできません。

あなたがご無事で、今いる場所が危険にさらされていませんように。悲しい出来事です。あなたと、フランスの人たちにお悔やみ申し上げます。テロリズムが不幸にもフランスを悲しませているのは、フランスが僕たちの自由を求める戦いを支持してくれているからだということを知っています。僕たちはフランス人の支持にほんとうに感謝しています。

心の底からお礼申し上げます」

こんな手紙を読んで感動しない人がいるだろうか。アフマドは爆弾の雨の下で暮らしている。たくさんの友人を亡くし、家族とは三年も会っていない。ダラヤで、彼の日常は緊急事態だらけだ。それなのにこのメッセージを書き、同情の気持ちを伝えてくれた。

テロリストは謝らない。

テロリストは死者のために涙を流さない。

テロリストは『アメリ』やユゴーを引用しない。

二〇一五年十二月七日、アフマドからの新しいメッセージを受け取った。今回のメッセージは短かった、銃弾のかけらのように断ち切られていた。一行だけ。

「図書館が攻撃された」

わたしはもう一度読んだ。一語一語、一文字一文字、言葉のあいだから詳細が読み取れないかと期待して。もちろん無理だ。わたしは急いで携帯を持って彼に電話した。むなしく呼び出し音が鳴るだけだ。スカイプを立ち上げる。アフマドはオフラインだ。そこで文字チャットを送る。

「大丈夫？」

返事がなく、数時間後にもう一度質問を送る。そして付け加える。

「そこにいるの？」

延々と待ち続けた後、ようやく返事が来た。

彼はそこにいた、そして暑いと言う。真昼間に樽爆弾が図書館の入っている建物に落ち、五階建てのうち二階分をもぎ取り、入り口を瓦礫《がれき》の山にした。図書館のある地下では、本棚の本が床に吐き出された。本は漂流物のように床に積もり、爆発の震動で毛羽立ち、折れ曲がり、しわくちゃになり、漆喰《しっくい》と割れたガラスと入り交じった。落ちるときにページが引きちぎられ、表紙はでこぼこになった。テーブルと長椅子は灰色の埃《ほこり》で覆われた。もう一度本や利用者カードを仕分け直さなくてはならないし、割れた棚板を修理しなくてはならない。でも、心配ありません、大丈夫ですとアフマドは言った。誰にも被害はありません、死んだ人もけがをした人もいない。奇跡です！　それに、もうみんな仕事に取りかかっています。掃除して、本をもとの場所に戻して、破れたページを補修しているところです。というわけで、人生は続きます。ただ、通りに面した入り口を立ち入り禁止にしました。これから図書館に入るには左側の入り口を通らなくちゃならないでしょう。壁に開いたただの穴ですけどね。もっと目立たなくて安全です。そう、もちろん図書館はまた開けますよ。明日が無理ならあさってとか、インシャラー、神の御心のままにですよ。それまではスマートフォンに入れたＰＤＦファイルを読んでいればいいし。

アフマドはこれをテキストのやり取りで語った。ときには、時間を節約するためにワッツアップの無料ボイスメッセージ機能に少しずつ答えを録音していることもあった。戦争が始まってから、シリア国内にいる人と連絡を取るにはこれが最善の手段だった。質問を送る。すると、相手は時間のあるときに、あるいはネットにアクセスできるときに返事を送ってくる。政府の監視の目を免れたボイスメッセージ、バージョン4・0。

わたしはその攻撃が意図的なものだと思うかと尋ねた。政府は故意に図書館を狙ったのだろうか。彼は黙り込んだ。こんなふうになるのは彼が考えているからだ。客観的な表現になっているかどうかを考えて、言葉を節約する。それから、よくわからない、と言う。シリア北部の東アレッポという反政府派の地区では、政府と同盟軍のロシアがわざと病院や医師や救急車を狙った。計画的な破壊で、国連でさえそう認識している。ダラヤで行われているような樽爆弾による攻撃では、証明が難しい。樽爆弾は不確実なのだ。正確に狙うことはできない。目標にあたるとは限らない。樽爆弾の恐ろしさ、被害の多さはそのせいでもある。

「故意かどうかはともかく、この爆撃はバッシャール・アル＝アサドが僕たちを憎んでいることを示している。あいつは僕たちを殺したい。それは明らかだ」とアフマドは続けた。

彼の声はいくらか弱々しくなったが、すぐにもとの強さを取り戻した。

「焼き殺すって言うんなら、そうすればいいんだ！」

今度は黙り込むのはわたしの方だった。

わたしは『華氏451度』のことを思った。本に火をつける〝昇火士〟のこと。一九五三年に出版されたレイ・ブラッドベリの小説だ。禁止された本のこと。違反者を罰するために町をパトロールする特別部隊のこと。

その本の中で隊長のベイティーが言った言葉を考えた。

「となりの家に本が一冊あれば、それは弾をこめた銃砲があるのとおなじことなんだ。そんなものは焼き払え。弾丸を抜き取ってしまえ。心の城壁をぶち破れ。本読みの心がつぎに誰を標的にすると思う？」

本、それは教育の大きな武器、圧制を揺るがす武器。

そしてわたしは、いつかアフマドにこの二十世紀の小説を読ませたいと思った。時代を先駆けたこの本は、アフマドの長い読書リストに付け加えられるだろう。

続く数日のあいだ、ダラヤはさらに深い闇に沈んだ。政府によって厳重に閉じ込められ、ヘリコプターから爆弾を落とされ、抵抗しようと瓦礫に頭を突っ込むダチヨウの生き方を押し付けられている。二〇一六年初頭、町は空襲と同じくらい厳しい寒さに襲われていた。〝ダラヤ、太陽に会えない町〟、ユーチューブに投稿された評議会のビデオは苦々しく皮肉っていた。十二月のひと月だけで、九百三十三発以上の樽爆弾がダラヤに降り注いだ。簡単に製造できて安上がりのこの爆弾はシリア軍お気に入りの武器である。アフマドの沈黙はそのせいなのか。図書館への攻撃以来、アフマドからの連絡は少なくなった。多分忙しすぎるのだろう。ダラヤについての悪いニュースがもう一つあったのでなおさらそう思った。政府は何度も失敗していたが、とうとう二〇一六年一月に隣のモアダミヤとの通路を断ち切り、最後の補給源を奪ったのである。町はそれ以来出口のない状態になった。道路は通行禁止となり、封鎖は強化された。最後の瞬間に大慌てで野原を通って逃げ出す家族もいて、一万二千人だった住人が八千三百人ほどになった。

二〇一六年二月はじめ、わたしに町のかすかなこだまを届けるために記録を取ってくれたのはアフマドの友達だった。シャディ、二十六歳、丸顔で、小太りの体型と対照的な気弱そうな声。アフマドとは違って、彼は読書に夢中ではなかった。しかし、彼はダラヤの物語の新しいページを開いてくれた。映像で表す戦争である。彼は革命当初から粘り強く映像を集めていた。その映像を世界中に見せるために、彼はソーシャルネットワークに投稿していた。いつも肩ひもでカメラを下げ、シャディはすべてを写し、すべてをビデオに収めた。一日中町の傷痕をめぐり、傷口を記録した。

彼の日常を要約する必要があると、彼は一つのビデオを差し出す。わたしも最初の会話のときに見せてもらった。二〇一四年に撮影されたたった一分のビデオだが、その光景は決して彼の脳裏を離れない。わたしは目を見開く。灰色の空に、ヘリコプターが一機、低空で旋回している。威嚇《いかく》するようなプロペラ音がついてくる。突然、金属の鳥が腹を開き、小さい翼のついた円筒を切り離す。殺人装置はゆっくりと落下を始め、建物の列に鼻先を向けてしだいに速度を速めて落ちていく。轟音《ごうおん》にまぎれて入るシャディの恐怖の声が聞き取れる。「アッラー・アクバル、アッラー・アクバル……」最初の爆発に続いて二度目の爆発音で最後の音節が途切れる。二度の衝撃で映像が跳ね上がる。カメラが震え、バルコニーの格子の後ろにぶつかるが、濃くなる二つの大きな雲を写し続ける。樽爆弾はシャディの数メートルそばで爆発し、破壊的な鉄の破片をあたりにまき散らす。ファインダーの後ろで若者は気を取り直して言った。「アッラー・アクバル、ダラヤ、二〇一四年一月十二日……樽爆弾を撮影した！　すぐ目の前で見た」遠くから息を切らした声がする。「きみのいる場所に居続ける勇気はなかったよ」

勇敢だが、ショックはあった。

「その後何日か、茫然としていました。家から出られなかった。爆弾はほんとにすぐ近くに落ちたんですよ。どうかしていた」とシャディは言った。

これは組織的な樽爆撃作戦の始まりでしかなかった。彼は心ならずもその作戦の中心的な記録者となる。

「ときが経つにつれて恐怖は小さくなっていきました。僕はいっそう熱心に撮影しました。死と隣り合っているうちに感情が動かなくなっていったんです」

シャディの話は細密画家のように正確だった。音、映像、形、素材にこだわる彼は、空から落ちてくるその恐ろしい爆弾のすべてを知った。

「三年でほぼ六千個の樽爆弾が投下された。ときには、一日で八十個が落ちてくることもあった。空にヘリコプターが見えると、それをよく見て、爆弾の落下地点を予測していちばん近い隠れ場所に避難しようとする。そうするのは難しいんですが。樽爆弾は三十秒で落下する。大急ぎで逃げるのにほとんど時間はない。夜はもっとひどい。暗くてよく見えないから。地下室がある人はマットレスを敷いてそこで寝る。ない人たちは寝る前にお祈りして、翌朝まだ生きていることを期待するしかない」

二〇一四年一月のその有名なビデオは当時ユーチューブで最高クラスの閲覧数を記録した。それ以来シャディはこの忌まわしい円筒の引き起こした悲劇を何百件も記録した。たとえば、その年の終わりに致命的な一撃を受けて悲しみの底に突き落とされたシリアの家族をどうやったら忘れられるというのだろう……

「ある男性は、妻と十二歳の息子を説得して爆撃の少ない地区に引っ越しさせた。

男性は家族を新しい家に置いて最後の荷物を取りに戻った。そのとき家族の上に樽爆弾が落ちて、妻と子どもは即死し、瓦礫の下に埋まった。男性は打ちのめされた」

爆発直後にそこに行ったシャディはすべてを撮影した。カードの家のように崩れ落ちた建物を撮影した。その男性を、涙でぐちゃぐちゃになったその顔を撮影した。二人の遺体が入ったピンクの長い袋を運ぶ市民防衛隊のボランティアを撮影した。

「その人は家族を爆撃から守ろうとしたんですよ。まったく逆の結果になった。僕たちの命に価値なんてないんだ」とシャディは言った。

彼はそのことをよく知っている。たくさんの友人を亡くし、いちばん親しい仲間たちの葬儀にまで死は彼を追いかけてきた。その血にまみれた葬儀の思い出は白黒写真のように記憶に刻み込まれている。やはり樽爆弾で死んだ仲間の葬儀だった。

「二〇一五年の八月だった。そのときだけは撮影しなかった。親友のアフマド・マタールの葬儀だった。僕たちは葬儀の祈りを唱えていた。そのとき、突然空に轟音が聞こえた。あっという間に足元から地面が消えた。爆発が二回。耳が聞こえなくなり、目に埃が入り、頭に星が飛んだ。数分後に視界を取り戻すと二人の友達の動かなくなった姿が目に入った。二人ともその場で死んだ、樽爆弾はどこまでも追いかけてくる。どんな瞬間にも襲いかかる。一瞬の休みもくれないんですよ」シャディの声はくぐもっていた。

反アサドの若い活動家の多くがそうだったように、シャディもビデオを実地で学んでいった。農家に生まれたシャディは高校卒業後、農産物加工の仕事をしていた。控えめな子どもで、先生に逆らったことなど一度もなかった。二〇一一年の〝アラブの春〟、最初の勢いは突然彼の「目を覚まさせた」。「革命の前、僕はこの眼鏡を通して、気楽に世界を眺めていました。何も疑問に思うことなく」エジプトの反乱の映像は彼を変身させた。「ムバラク政権がデモの圧力に負けて崩壊するのを見たとき、思ったんです、僕たちだってあんなふうにできるって。僕はいつも、この国の歴史は前もって書かれていて、何があっても変わらないんだと思っていた。突然、僕たちは通りにいて、自分たちで歴史を書く権利を要求していた。自分たち自身の言葉で」

反乱が戦争に変わったとき、シャディはダラヤ評議会のメディアセンターに加わって市民ジャーナリストの一人となった。外国の記者では手に入らない情報を発信するのに欠かせない役目である。よりよい画像を追求して、スマートフォンのカメラを本物のカメラに替えた。そして、二〇一四年十二月に、ダマスカスにいる友達が財政的援助を申し出てきたとき、シャディは即座に答えた。

「僕に必要なのはキヤノン70Dだ」

しかし魔法の鍵を届けるには大きな危険を伴う。包囲された町に入るには、政府の検問所を通り抜けてモアダミヤに行き、ダラヤへの最後の突破口に潜り込まなくてはならない。二つの町を隔てるその二キロの農地は政府側兵士の厳重な監視下にあり、兵士は丘の上から即座に発砲する。よくあることだが、戦争地帯では女性は見とがめられず役に立つ。〝運び屋〟の役を担ったのはある女性だった。女性はカメラをベールに隠し、たくさんの犠牲者が出ている死の通路を夜に横切った。わたしが想像できるのは、か細い姿が木々のあいだをくぐり抜け、ブドウとオリーブの畑を素早く横切り、荷物を置いて即座にダマスカスへ帰るところだけだった。シャディは彼女と顔を合わせる時間さえなかったが、この上なく感謝している。

「このカメラは僕の最高の仲間になりました。絶対に手放しません」

それ以来、彼はその貴重なプロのカメラを片時も離さない。

そのカメラとともに、シャディはすべてを細部まで記録した。次々飛んでくるミサイルの爆風、機銃で穴だらけになった家々の正面、ねじれた梁《はり》、赤錆びたブランコの骨組み、戦争の爪痕、石の屍《しかばね》。

シャディが送ってくれたこうした映像とともに、わたしは町を歩き回る。まるでゲームの中のように。見捨てられた家の中を歩き、爆発音に飛び上がる。ゲームと違うのはこのすべてが現実だということだ。パソコンの向こうにある戦争の実況中継。

映像はよく乱れる、緊急時の撮影だからだ。証言する映像、非常に短い、このはかない生命から盗み取られた瞬間。爆弾が降ってくるとき、カメラはぐらつき、回転し、立ち直る。前にズーム、後ろにズーム。シャディは本来の意味での記者ではない。彼は証人なのだ。片目を大きく見開いたままの。

めったにない攻撃の合間は時が引き延ばされる。ついに再開した図書館では、ダラヤの活動家たちがお互いを撮影し、インタビューしている。時々音が聞き取れないことはあるが。あるビデオでは、一人がピンマイクをつけていたがスイッチが入っていなかった。ビデオの質はさほど重要ではない。シャディと仲間たちにとって重要なのは、政府のカメラが故意に彼らを隠そうとしているときに、映像で真実を叫ぶことなのだ。

ありのままを捉えたこうしたスナップは、兄弟愛の雰囲気を発散していた。この若者たちは一緒に抵抗し、一緒に成長し、メディアセンターに近い小さなアパートをシェアして一緒に暮らしている。一つのシーンの中に、こうした思いがけない詩的な瞬間がある。この若者はなんと疲れていることか、古い長椅子に両脚を伸ばし、顔には光があたり、優しく深い眠りに落ちている。次の嵐に出て行く前の戦士の休息だ。

映像をたくさん見ていくうちに、図書館内部の様子がさらにはっきりしてきた。地下に続く白い階段、入り口に置かれたたくさんの靴、中央の柱とA4紙の注意書き。右には読書スペースがあり、左は会議や集会のために新しくできたスペースがある。シャディの映像を見ているうちにわかったことだ。あるビデオでオマールを見つけた。囚《とら》われのイブン・ハルドゥーンはTシャツを着て政治学の授業をしていた。彼の周りには二十人ほどの若者がプラスチックの椅子を並べてすわっていた。若者たちは、見習い教授の話に耳をそばだてながらノートを取っていた。

「町の知識人のほとんどは、刑務所にいるか、死んだか、亡命したかしている」とシャディは説明した。「町の文化レベルを維持するために、何か手段を見つけなければならなかった。そこで、自分たちの知識を本を読む時間がない人に分け与えるために、代わるがわる教授役を務めることにした。オマールはたちまち人気教師になった。前線から抜け出せるときには、週に一度か二度、授業をしに来るんですよ」

シャディはまた別のビデオを見せてくれた。英語の授業で、教えているのは……教授だ！　わたしはとうとうダラヤの敬愛される教授とその顔を結びつけることができた。丸顔、細い髭、縞のポロシャツ。わたしが持っていたイメージと結局それほど違いはなかった。フェルトペンを手に、白いボードの左から右へとアルファベットで短い文章を書いていく。“This is a library”。生徒が最初の一行を読み取って繰り返す。次にくるのは実用会話の時間だ。生徒が三、四人のグループで輪になって、お互いに話しかける。“How are you?”“What's your name?”会話がバカ笑いに終わることもよくある。その合間にアラビア語での議論がはさまる。すぐに自分の言語に戻ってしまう。

「ほんとうは、みんな英語を習うことにはそれほど関心がなくて、ただ一緒にそこにいたいんです。戦争以外の話をするのがどれほど嬉しいか。エンピツを持つこと、ノートを埋めること、正常さの感覚、そういう日常的な生活がたまらなく欲しくなるんです」

さらに、そのスペースはダンスホールに変身することもあるとシャディは続けた。

「テーブルと椅子を片寄せて、絨毯《じゅうたん》を敷く。そして歌って踊るんです」

彼が送ってくれたもう一つの動画を開く。図書館の左側のスペースに人がぎゅうぎゅうに詰まっている。十人くらいの男の子が手をつないでゆっくりと頭を動かし、肩を右から左へ、次に左から右へと動かす。小さな即席の舞台に立った歌い手が二人、よく知られたメロディーをマイクに吹き込む。集まった人たちは一体となって喜びに満ちたメロディーを口ずさみ始める。「ジェンナ！　ジェンナ！」天国！天国！　このリフレインは聞いたことがある、革命のかけ声だ。それを彼らはこの地下でよみがえらせた。「ジェンナ！　ジェンナ！」声を揃えて繰り返す。うずくような希望の呼び声だ。町の地下深くで生き延びた自由の息吹《いぶき》だった。

シャディに関してもう一つ衝撃的なのは、彼の想像力のセンスだ。本を読まず、一度も小説を楽しんだことのない彼が、自分を他者に投影する驚くべき能力を持っている。

「ダマスカスからはダラヤへの爆撃がどう見えるかなってよく想像するんですよ。だってね、両親が隣の町シャドナヤに住んでいる仲間がいるんだけど、樽爆弾が落ちてくるのを見るたびに、慌てて息子に電話してくるんだ」ある日雑談の中でこんなふうに打ち明けた。

ダラヤの平原を悲しみで覆う暴力の嵐は、ダマスカスの繁華街や国連の泊まっている豪華ホテルから直線距離で数キロの場所で繰り広げられているのだ。それに空軍情報部の本部とその不吉な刑務所があるメッゼ空軍基地、迫撃砲の発射地点である基地のある丘からもやはり数キロしかない。

自分がアサドの兵士の照準に入っていることを知るのに、シャディは顔を上げる必要がない。バッシャールに遠隔操作されるロボットと向かい合っている彼は、自分が常に危険な状態なのを知っている。彼はシャディ、農民の息子、現実を撮るビデオカメラマン。自由を求める活動家である。彼らにとってシャディは一つの影にすぎない、倒すべき〈過激派〉、砲弾の射程内にいる危険な敵なのだ。銃弾もミサイルも爆弾も一瞬で彼を殺すことができる。シャディ、人間の死ぬべき定めを一身に引き受けている……

「街角に死がいるって考えと一緒に生きることにも慣れた。家に訪ねてくるかもしれない、ぐっすり眠っているときに。それか、モスクで祈っている最中に。死は僕たちから離れない。恐怖なんて存在しないと言ったら、それは嘘だ」

基地からさらに東の丘の上に大統領官邸があり、さほど遠くない。ダラヤの住民は裸眼で見ることができる。わたしはシャディに尋ねた。

「アサド、どんな人だと思う？　彼の立場になってみようとしたことがある？」

「アサドね……」シャディは繰り返した。「不幸なのは、彼の視野が狭いということだ。僕たちを見ること、ありのままの僕たちを受け入れるのを拒んでいる。まるで違う惑星に暮らしているみたいだ」

アサド、眼科学の学生だったアサドは盲目になったようだ。おまけに、写真の愛好家だそうだ、なんという皮肉……シャディと仲間たちが死の映像を現場で撮影しているときに、この独裁者は彼のインスタグラムのアカウントを〝ファン〟と撮った自分の写真でいっぱいにしている。前線の近くでポーズをとったり、オーダーメイドの衣装で着飾って妻や子どもと写ったりしている。ダマスカスの丘の上で掩蔽《えんぺい》壕《ごう》と化した数キロ四方の宮殿にひきこもって、陰謀を叫び、穏健な反対派という概念を拒んでいる。「近視眼の症状だ」とシャディはため息をつく。というよりむしろ、暗室で現像される銀塩写真みたいなやり方で変形した現実を見ているのかもしれない。付け加えたいと思う光と影の効果しだいで、たやすく細工でき、変形でき、修正できる歪《ゆが》んだ現実を見ているのだ。アサドの盲目さは、発する言葉にも影響を与えている。「わたしか、それとも混沌か」と民主化を求める声に耳を塞《ふさ》いで絶えず繰り返しているのだ。

シャディと友人たちのあいだでは、想像力が言葉にも表れている。彼らは、豊かなアラビア語の語幹から分かれた言葉を書いたり発明したりしている。バッシャール・アル＝アサドが掲げる古典的な言葉〝カオス（混沌）《fawda》〟に対して、彼らはもっと砕けた別の〝カオス（しっちゃかめっちゃか）《kar kabeh》〟を皮肉をこめてぶつける。彼らの言葉だ。つまり、この永遠の〝しっちゃかめっちゃか〟は爆弾の下の彼らの日常なのである。彼らはこの言葉を月二回発行の雑誌の名前にまでした。二〇一五年はじめに手近なもので作られた雑誌である。コピーで五百部ほど刷られる『しっちゃかめっちゃか』はまず第一に物資の欠乏状態をどうやって生き延びるかのガイドである。プラスチックを燃やして燃料油を作る方法、たき火をするのに古い窓枠を回収する方法。雨水を飲料のために保存する方法、バルコニーでトマトを栽培する方法。すべてが書かれていて、はっきりと説明され、ときには写真や挿絵がついて、前線や住民にも配布される。

『しっちゃかめっちゃか』には、政治やスポーツのニュース、映画などに関する小さな記事もある。文学や哲学の分厚い本を読みふける時間も忍耐もない人たち向けだ。「僕たちの頭を整理しておくための気晴らしなんです」とシャディは説明した。アフマドや他の活動家たちと一緒に彼らはこのおふざけ雑誌を作った。社会の絆《きずな》を維持するため、絶望から過激主義に陥らないようにするため。

わたしはネットに上げられたその雑誌をめくってみた。彼らが読者に提供する『カオス』は完璧に秩序立てられ、テーマごとに並べられていた。イラクの元反体制派アフメド・マタールの詩について、これには十四世紀モロッコの探検家イブン・バットゥータに捧げる文章が付け加えられている。ノーベル賞に名を残したアルフレッド・ノーベルについて。シリアの歴史とさまざまな旗について。ダラヤの殉教者について、さらにはトルコに行った難民について。飾らない物語、中立的な言葉遣い。価値判断も、党派色もない。政府側メディアの好きな威嚇や恐怖の言葉はこの『カオス』の語彙ではない。また、ソーシャルネットワークで数カ国後に訳されて出回っているイスラーム国のプロパガンダ雑誌とはほど遠い。処刑も血に染まった演出もない。『しっちゃかめっちゃか』の記事では、文章は簡単で、あらゆる形態の挑発は取り除かれている、自分を笑う場合は別だが。

クロスワードのページは死ぬかと思った……笑いすぎて。読者が戦争関連の言葉（包囲、爆弾、兵士、犠牲者など）で埋めることになっている白い升目の下に、将来有望なジャーナリストたちが「編集者注」を書いている。「この雑誌は、駄洒落によって引き起こされる病気や心臓発作に責任を持つものではありません」町の廃墟の下で、彼らは新しい不条理の言葉を作り出した。リアリズムに満ちた彼らの文章は悲喜劇の趣《おもむき》がある。ここでは体験が最も重んじられる。この町は生存のために戦いながら自分を語っている。そして自分自身を笑っている。不安や日常の煩《わずら》わしさを笑い飛ばして支配しようとしているのだ。

次のページはその週の星占いになっている。伝統的な星座の印は、もっと見慣れたシンボルで置き換えられている。ロケット、キッチン、ガソリンスタンド……えせ星占いの助言となると、もちろんダラヤの『しっちゃかめっちゃか』に合わせてある。「もし友達にお茶に招待されたら、行く前に何か食べていった方がいいでしょう。さもないと飢え死にする恐れがあります」「ひどい一日になるでしょう。あらゆる道は閉ざされています」「自分を守るためにトンネルを掘り続けていますが、幸運があなたに微笑むかもしれません。宝物を掘り当てることになりそうです」

……

少し下に、編集者による二度目の「警告」があるのを読んでわたしは笑った。

「この星占いは純粋な想像の産物です。現実と似たところがあっても、それはまったく偶然の一致に過ぎません」

この二〇一六年二月、爆弾の雨が降れば降るほど地下の生活が充実してきた。二重の意味で並行する地下の世界が前線のすぐそばで営まれていた。図書館、学校、評議会、メディアセンター、避難所、トンネル……。病院までもが地下に拠点を移していた。「今、空襲のせいで、僕たちの町は平面図から姿を消したけど、立面図では見ることができる」とアフマドが言った。そう、ようやくアフマドがバーチャルな会話に再び出てきたのだ。ダラヤはもはや〝たくさんの家〟を上に載せた平らな地域ではなく、三つの層を持つ町になった。空と、星を追い払ってしまったヘリコプター。爆弾ででこぼこになった地面。カオスの陰に潜む地下。地下室を持たない住民は建物の基礎の下を大慌てで掘り返し、塀と家のあいだに通路をつくる。穴を掘るのは反アサドの宿命だ。まるで終身刑のようだ。強制労働の刑だよとアフマドは言った。

わたしはアフマドとシャディと一緒に、毎日少しずつ、幻の町の断片的な映像で構成された地下迷宮の奥に潜り込む。ネットという隙間を通してバラバラに届く映像にわたしはとうとう慣れてしまった。包囲された町から掘り出されたこうした小さな画像のかけら、始まりも終わりもない人生の切れ端を集め、わたしたちは一緒にドラマを、狂気を、希望を組み立てる。

どのビデオにも必ず新しい発見があった。シリア政府が見せまいとしているにもかかわらず、ダラヤの深淵を探る秘密のパスワードを握っているというのは不思議な気持ちだった。たくさんの動画を見ていくうちに、本の地下室が議論の広場になっていたことを発見した。そこには、活動家も戦闘員も分け隔てなく参加していた。その日、討論は革命の総括をめぐって繰り広げられていた。デモ参加者は十分な準備ができていたのだろうか。もっとうまく組織するべきだったのではないか。暴力、数万人の死者、避難、亡命を避けられていただろうか。戦争の残酷さにもかかわらず、参加者の誰ひとりとして二〇一一年春に掲げられた変化を望む気持ちを後悔していなかった。討論の中で、〝権利〟、〝自由〟、〝意識の目覚め〟といった言葉がこだまを響かせていた。一人の若者が立ち上がった。「革命は僕たちを正しい道に導いてくれた」別の若者が続ける、彼は「疲れた」。でも「後悔はない」「今でもデモクラシーは目標だ、完成途上の理想型だ」三人目の若者は自己批判を始めた。「この革命について、みんなもっと準備できていたらよかったと思う、宗教と同じくらい知的なレベルで。武器を取った人たちであれ、平和的な革命をやろうとした人であれ、みんな時間が足りなかった。僕はダラヤのことだけを言っているんじゃない。準備が足りなかったせいで、国内からも国外からもずっと圧力を受け続けている」彼は政府の残虐さだけではなく、シリアが代理戦争の舞台となっていることについても示唆していた。イラン対サウジアラビア、アメリカ対ロシア、他にもカタールやトルコといった他の当事者たちがいる。

わたしは彼をよく見た。カーキ色のブルゾンを着て、ポケットのたくさんついたズボンを履いている。自由シリア軍戦闘員の制服だ。この反アサドの戦士が自己反省に必要な客観性を得られたのは本のおかげなのだろうか。少なくとも図書館の独特の環境のせいではないか。交流や議論にうってつけの環境で、討論は微妙な色合いに染められている。ところが、政府は白黒でしか見ようとしない……。アサド側の兵士はどうなのだろう、メッゼ空軍基地では何を思っているのだろう。彼らはカラーで考えることができるのだろうか。そもそも、押し付けられたもの以外の本を読む時間が、それに権利が、あるのだろうか。もしも選ぶことができるのなら、彼らもまた、変化を望むことは可能なのだろうか。

パソコンの前で一人このシーンを見直しながら、わたしはカフカの「オスカー・ポラックへの手紙」にある一節を思い出した。「本は僕たちの中で凍りついた海を叩き割る斧でなくてはならない」

その後数日間、彼らが図書館で本を読んでいる時間が少なくなっていることに気づいた。樽爆弾が絶え間なくトラブルを運んでくるからだ。空が休みなしに荒れ狂っている朝は、図書館は休館になる。時々、近所の子どもや青少年に占領されることもある。彼らの宝物の隠し場所に〝風を通す〟ためにやってくるのだ。宝物と言っても、みすぼらしいねずみ取りでしかないと思っている家族もある。子どもたちの一人、アムジャドは図書館を新しい目標にした。友達は彼に〝図書館員〟とあだ名をつけた。

爆撃のわずかな合間に図書館が扉を開けると、すぐに討論が再開された。

新しいビデオがある。赤いTシャツを着た司会者が参加者に小さなグループに分かれるように言うと、各グループにパズルのピースの形をしたカードを配る。「四十五秒でパズルを組み立ててください」与えられた時間が過ぎると、一つのグループだけが勝利の声を上げた。司会者は微笑む、「当然です。パズルをする前に完成形を目にしたのはこのグループだけです」結論、「頭の中に正確な予想図がなければ、きみの考えは混乱した状態だ。優先順位を決めれば、負ける確率は下がる」ホールは静まり返った。彼は付け加えた。「グループに盲目的についていくのはやめなさい。新しい場所、新しいスペースを探検するのです」非常口もない包囲された町で言うには皮肉な言葉だ。彼はさらにハードルをあげる。「重要なのは考えることです。自分たちの目的にきみを利用しようとする人に、操られるままになってはいけない」アサドの名も、イスラーム国の名も出されはしなかったが、集まっている全員がそのメッセージを理解した。絶対を謳う思考や、意思を奪う思考を拒め、ねじ曲げられた真実の罠に落ちるな。参加者たちは顔を伏せてノートにメモを取る、うなずきながら。

突然、明かりが消えた。部屋の隅に置かれていたプロジェクターのスイッチが入り、白い壁を映画のスクリーンに変える。このマルチタスクの図書館では、映画も見るのだ！　今日の短編映画は『2＋2＝5』。生徒に無理やり嘘の足し算を繰り返させる教師の話だ。繰り返さないと罰を与える。力ずくで嘘をでっち上げることについてのこの物語は、誰もが知るジョージ・オーウェルの『一九八四年』に出てくる〝間違った数式〟を思い出させる。亡命イラン人監督ババク・アンヴァリが作ったこの映画はインターネットでダウンロードしたものだ。映画には希望のメッセージがある。数学の授業の終わりに、教室の後ろで縮こまっていた生徒が既成の秩序に歯向かうのだ。彼はノートに書いた数式の押し付けられた数字にエンピツで線を引き、〝4〟と書き込む。ホールから万雷の拍手があがった。がやがやという音の中で、わたしは白い壁いっぱいにアラビア語で書かれた言葉を読む。「もしすべての人が何かを信じていたとしても、だからといってそれは真実なのか？」

ダラヤの黒い穴の奥で、この若者たちの可能性は尽きることがない。廃墟に囲まれたこの避難所で、彼らは得た知識を広げ、新しい考えを探り、毎日少しずつ文化の鞄をふくらませていく。夜に出口のドアを探して彼らがともす小さな蠟燭《ろうそく》の数だけ。地下に隠れた秘密の生活、その地下では上から押し付けられた沈黙が怒りと勇気の叫びに変わっていった。わたしは彼らを見る。彼らは最後まで逆らったあの生徒と同じ熱情を持っている。

独裁者に歯向かい、大砲の音に気を散らされることなく、戦争の暗い現実をよりよく前進するために乗り越えるべき試練に変えている。映画を一本、本を一冊読む時間に、彼らは自分たちの国の新しい歴史を書いているのだ。

道は険しく、彼らはそれを知っている。亡命中の反政府派による不毛な議論から遠いところで、ジュネーブの国連本部や腐敗スキャンダルからも遠いところで、彼らは将来の旗の色や社会におけるイスラームの地位や、シリアにおけるクルド民族の役割などを慌てて決めるよりは、自分のパレットにある色を豊かにしようと、少しずつ歩みを進めている。

〝アラブの春〟の当初、模範として描かれた有名な〝トルコモデル〟にも無関心ではなかった。彼らは全員、一時はこの〝イスラーム、デモクラシー、経済成長〟の統合可能性を信じたいと思っていた。しかし、批判的な視線を保っていた。「トルコの経験は他の国にも適用できるのだろうか」たくさんあるビデオの中で、ダラヤのある活動家は疑問を呈した。明快に答えたのはオマールだった。「できる。ただしエルドアン大統領の失敗から学ぶことができれば」疑問は次々と出てくる。抗議行動の帰結は？　社会制度の移行を完成させるには？　どんな政治制度ができるのか？　イスラーム政治とデモクラシーは共存可能なのか？

彼らの学習意欲には際限がない。二月のある朝、アフマドはもう一つの地下施設の存在を明かした。図書館から数百メートルの距離にあり、二〇一五年末に完成した。極秘のうちに維持され、第二の討論会場があって、スカイプを使った住人向けのビデオ会議が開かれる。巨大スクリーンの前にすわって、教授や亡命した反政府派などあらゆる立場の人にあらゆる質問をすることができ、討論が目の前で繰り広げられる。発言者が育ってきた環境よりも開かれ、寛容な政治制度への手がかりを得るのにいい機会である。

「これまで、非宗教的なバーラン・ガリウーン、もともとキリスト教徒の反政府派ジョルジュ・サブラを迎えた」とアフマドが説明した。「パレスチナ出身で元ジハード主義者の息子であるフタイファ・アッザムにも発言してもらった。彼は、父親が唱導する暴力と縁を切った。ここにいる若者が過激主義に関心を持つのを抑止しようとしているんですね」

安全上の理由から、この非公開の会議の映像は外に出ていない。政府の関心を引かないように、とりわけ、樽爆弾を吐き出すヘリコプターの関心を引かないように、運営側は討論の日時を通知するのに昔ながらの口コミを使っている。

「僕たちがずっと夢見てきた大学なんです。学びの場、前もって押し付けられた赤い線もなく、検閲などどこにもなく、すべての方向に開かれている」

安全な場所に隠れているこの秘密の大学は、学習という手段によってシリアの領土にくい込んでいる。彼らの新しい分割を描く黒板に、ダラヤの反乱者たちはようやく建設途上にある未来の地平線を描けるようになった。薄闇の中で抵抗する苦しみの町に、今にも消えそうなメロディーが聞こえる。

あらゆる扉が閉ざされた状態では、ごくわずかな隙間でも信じられないほどの解放につながる。この二〇一六年二月、ある作品がダラヤ図書館の記録をすべて塗り替えたとアフマドが教えてくれた。

「『7つの習慣』って知ってる?」ある日彼は窓の向こうから問いかけてきた。

「七つの、なに?」わたしは驚いて答えた。

「『7つの習慣——人格主義の回復』だよ、アメリカ人のスティーブン・コヴィーという人が書いた」

彼は当たり前のことのように言った。彼の国は今戦争をしている。彼の町は悲惨のどん底にある。ダラヤ、喧噪と、爆発と、煙のただ中にある町。それなのに、その〝しっちゃかめっちゃか〟の最中に、アフマドは自己啓発の本の話をするのだ。集団より個人が尊重される西洋社会でもてはやされている本である。わたしは要約しか読んでいないが、世界的ベストセラーのこの本は、役に立つ人物になり成功するには自分自身の確立が必要だと言っている。パリで、ロンドンで、ニューヨークで、ドバイで、実業界の人たちはこぞってこの本を読んでいる。この作品は三十八の言語に翻訳され、もちろんアラビア語版もある。だが、それでもダラヤの棚にまで並んでいるとは……

「貴重な本です。僕たちの羅針盤みたいなところもあるんです」とアフマドは言った。

ダラヤの人たちはこんなふうに生きている。シリア政府が流布した紋切り型のいわゆる〝狂信者〟たちは、〝自分自身〟の人格を作ることを新しい宗教としている。政府が広めようとしている、血に飢え、イスラームの道具にされている破れかぶれの人間たちというイメージとはまったく違う個人的な行動である。でも、このような本がどうして人気書籍リストに入ることになったのか。

「最初にその話をしたのは教授なんだ」とアフマドは答えた。

教授、ダラヤの市民的不服従の歴戦の闘士だ。疲れを知らぬ教授はまったくたくさんの引き出しを持っている。

「教授がそれを最初に読んだのはサイドナヤ刑務所にいたときなんですよ。天の啓示。敵意ばかりの世界でくじけないように、その本を生きる知恵のガイドブックにしたそうです。それ以来、教授は『7つの習慣』の哲学を採用して、僕たちにもそれを知ってほしいと思ったんです」

一つの監禁からまた別の監禁へ……抵抗する若者たちは師の刑務所での経験に刺激されて、アメリカの〝自己啓発〟の本を利用することにした。西洋では、離婚、失恋、失業といった一時的な危機を効果的に解決する方法を求めてこの本を読む。よく見知った悪に対応するための単純な言葉。ダラヤでは、刑務所でと同じように、シリア人たちの読書はそこから、出来合いの答えではなく、異常な環境で生き延びる鍵を汲み取ろうとしている。この本は彼らにはいない精神科医であり、不安に苛《さいな》まれる最悪の瞬間に心を慰めてくれるカウンセラーなのだ。紛争の暴力によって引き起こされた不安の感情によく効く対症療法であると同時に、閉ざされた空間で〝一緒に生活する〟ことから生まれかねない危機に対しても有効だ。ダラヤの日常を戦争が支配していたとしても、〝檻に閉じ込められた生活〟に引き起こされるけんか、嫉妬、不和、駆け引きといった煩《わずら》わしさからは逃れられないからだ。

「この本は、自分の考えを整理するのに役立つ。それと、集団生活を理解するのにも。違いのある他人をどうやって受け入れるか、健全な対抗意識の雰囲気をどうやって維持するか、とか」

最初、アフマドは教授が提供してくれた要約で満足していた。瓦礫《がれき》から掘り出された本のリストにはなかったのだ。全部を読むには、またもやインターネットが役に立ってくれた。グーグルの迷路を探してみるとモニターに『7つの習慣』のPDFが現れた。後はダウンロードして印刷するだけだ。だが、外界から孤立したダラヤでは紙は貴重品である。そこでアフマドはA4一枚に四ページ分をまとめて印刷することを思いついた。小さな活字がサーディンの缶詰のようにぎゅう詰めになって、革命の前にコートの下でこっそり渡された違法パンフレットのように紙が折り畳まれている。

「読むのに目を細めなくちゃならなくても、みんながんばって読んでるんだ。『7つの習慣』は大成功と言ってもいい。要望が多いので、増刷までしたんですよ。それに、この本をもとに会議を二回開きました。最初は図書館で、次は新しい討論会場で。アラブ世界の専門家ヤセル・アル＝アイティがスカイプで講師を引き受けてくれた。ほんとに、ブームですよ」

角が丸くなり、破け、変色しながら、本は手から手へと渡っていった。本は読まれ、再読され、トーテムのように掲げられた。二〇一六年の冬、とりわけ被害の多かったその時期に、元気づけるようなこの本は、最後の住人たちが希望にしがみつくのを助けた。五年も続くこの紛争がいずれはいい結果に終わるという希望である。この本の思想に影響されるということは、戦争を一時的に遠ざけるということ、爆撃という暴力や日常的に死と向かい合う状態と距離を置いて、一定の正常さを回復するということだ。包囲がこれほど長くなるとは予期していなかった戦闘員たちにも一時休止になる。それに、絶え間ない爆撃に動揺して文学や政治的考察の本を読めなくなるときにも、より地に足の着いた言葉に逃げ込むことができる。深淵の底にあって、苦しめられた魂を安らげる寝椅子のようなものである。

二〇一六年二月二十七日、ダラヤは驚くべき静寂の中に目覚めた。空には煙の一筋もなく、発射音も聞こえず、サイレンの叫びもヘリコプターの轟音《ごうおん》もない。突然の静寂、心配になるほどの静けさが包囲された町を覆っていた。数時間後に確認された噂では、停戦合意が成立したという。ワシントンとモスクワが延々と厄介な交渉を繰り返した末に、政府側と反政府側とのあいだで、シリア領土内での停戦合意が結ばれた。爆弾が黙った。戦争は括弧でくくられた。少なくとも一時的には。ダラヤの新しい一ページが開かれたのか？

休戦とともに、人生のようなものがダラヤに再び戻ってきた。廃墟の中で芽を出す雑草のように、残った住民は破壊された町の地下から顔を出した。一つ、二つ、三つ、千……。目を細め、色あせた肌、疲労を漂わせ、正常さの匂いを吸い込み、沈黙を探っては異常なところを探す。画面の向こうでアフマドは笑顔を見せた。嬉しそうな声で、爆発音のない日常をこまごまと語る。

機銃の音がいくつか聞こえたのを除けば、町は平穏を取り戻した。アフマドは有頂天で語った。辻つじに人々が集まっていること、街角に花開いた看板のこと、解放された言葉、よみがえったスローガンのことなど。メールボックスは彼が送ってくれた写真でいっぱいになっている。一人の若者がプラカードを掲げている。〝暗闇を照らす蠟燭でありたい〟パレスチナ人ファイエク・オウェイスの詩がアラビア語で書かれている。別の映像では白いベールをかぶった女の子が両手に持つカードが揺れていた。〝わたしはアル＝ヌスラ戦線でもイスラーム国でもありません。わたしはダラヤで包囲されたただの女の子です〟即興で作られた詩や政治パンフレットのあいだで、さまざまな看板が〝自由〟という言葉の再発見を祝っている。革命の始まったときと同じ雰囲気だとアフマドは言った。あの最初の日とまったく同じ震えを感じる、と。

人々の頭の上は、光りあふれる白いほどの青空だ。春が一足先にやってきたようだ。受け取ったすべての画像に、再び見いだした幸福の印がついている。子どもたちが骨だけになったブランコによじ登っている。少年たちが見捨てられた広場に入っていく。猫が通り過ぎる。鳥が引きちぎられたケーブルでくつろいでいる。アフマドは図書館が以前のリズムを取り戻したと語った。本がまた手から手へと渡っている。長い長い中断の後、町の三つの小学校が再び門を開いた。教室で子どもたちが読み書きを再開し、男の子たちがけんかをし、女の子たちは何かの切れ端で腕輪を作っている。気候はまだ寒いがみんなの心は熱い。安心させるようないつもの喧噪が戻ってきた喜び。笑い、学び、続ける、前進すること、簡単にいえば生存することに熱く燃えている。わたしはアフマドの話を聞き、教室の机の上に上がる小さな手を想像した。静かに、と先生が言い、質問が出され、ずたずたになった周囲の壁に反響する。二足す二は四で、五じゃない。本物の学校。検閲も視界を狭めるものもない。

女性たち、この〝目に見えない人たち〟もとうとう街角に姿を見せた。闇から抜け出した影のように、避難場所の外に出てきた。もう外出は試練ではない。鋼鉄の騒音がない空気を吸い込み、人生に刺激をもたらす小さな問題で織りなされたちょっとしたおしゃべりをしに出かける。眠れない夜、怯えた子どもたちの慰めようのない涙、今眠ったら二度と目覚めないかもしれないという強迫観念ももう終わりだ。

爆弾の下で我が子に乳をやれなかった若い母親たちの胸に、乳が流れるようになった。赤錆びた古い乳母車を押しながら、大胆な母親は自分の子どもをトロフィーのように掲げる。封鎖が始まってから、六百人ほどの赤ん坊が生まれた。ほとんどが穴の底で生まれ、初めて自然光の下で乳を飲む。赤ん坊たちは泣き、叫び、意味のない声を出す。真実は子どもの口から出てくるというけれど、ダラヤには普通の市民はいないと頑迷に繰り返す政府に反論するのに、この赤ん坊の声以上にいい方法はない。

地獄の年月の後で、ダラヤの不服従の市民たちはようやく顔を上げた。自分たちの夢を掘り出した。計画を立て、人生を、結婚を、職業生活を作り上げる。アフマドは相変わらず細かく、他の人の消息を伝えてくれた。教授は思いがけない休みを利用して、婚約や結婚をしようと考えている人たちに夫婦関係についてのセミナーを開講した。オマールは図書館に戻った。中断の後だけに前よりもっとすごい勢いで読み、新しい会議にも出席した。学び共有することへの飢えが彼を駆り立てていた。ストレスを解消したいという思いもあった。廃墟となった空き地に、サッカーのコートができた。大急ぎで穴が埋められ、でこぼこは平らにされ、残骸が取り除かれた。住人のチームが八チームでき、それぞれのチームに戦闘員と活動家とその他が割り振られ、Tシャツでの親善試合が急ごしらえの観覧席にすわった観客の前で行われた。突然すべてが可能になり、〝もし……したら〟という条件法が〝……するとき〟という未来形となり、現在形で生きるという言葉が意味を持つようになった。町の服装規定だけではなく、文法までもが春の衣装をまとった。

壁もまた春の訪れを歌っている。町を歩くと、割れ目の入った歩道の縁やずたずたになった正面入り口の足元に詩の花びらや型染めの星空、言葉の盾が現れている。グループの落書き芸術家アブー・マレク・アル＝チャミは絵の具のチューブを持って町をうろつき、色とりどりの希望を描き出す。爆風で壊れた正面ドアに、青と黄色のワンピースを着た四、五歳の女の子の絵を描く。死んだ人の顔でできた山のてっぺんに、大文字の「HOPE」がていねいに書き込まれている。この壁画は楽観主義の授業だ。戦争をあざける異議申し立ての刻印だ。

わたしはアフマドが写したもう一つの壁画に興味を引かれた。そこは窓が粉々になった教室で、鉄の骨組みだけになった机と椅子が床に放り出されている。その奥に黒板があり、アブー・マレク・アル＝チャミはチョークで右から左にアラビア語を書いていた。〝以前、おれたちは、学校が崩れ落ちたらって冗談を言った。どうだ、崩れ落ちたよ〟自嘲《じちょう》というのも身を守るための殻だ。視線を左に動かすと、絵が続いていた。ぼろを着た男の子が一人、裸足でリュックを背負っている。リュックには血のような赤い文字で〝ダラヤ〟と書かれていた。わたしはもう一人の落書き作家、マドジ・モハダマニのことを思う。彼は二〇一六年二月十九日、戦車から撃たれた迫撃砲弾で死んだとアフマドが最近話してくれた。そして、必然的に、ダルアーのあの若者たちのことを考える。反アサドの落書きをして逮捕され、それが二〇一一年の反乱の引き金を引いたあの若者たちである。

この絵は彼らを讃える一つのやり方だ。

そしてまた、「僕たちは立っている」と言いたい気持ちの表れである。

血を流してはいるが、ダラヤは生を祝おうとしている。

二〇一六年三月十九日土曜日、わたしはイズミールの取材から帰ってきた。イズミールはトルコの海辺の町で、そこからシリア人難民がぼろ船に乗って出発し、多数の船が転覆した。数百人が溺死した。この戦争の、恐ろしいが目立たない側面だった。四歳の娘はイスタンブールでわたしを待っていた。小さな手がわたしの方に差し出された。わたしは胸が詰まった。同じ年の子どもたちがおおぜい水の底に沈んだことで。いつものように、サマラはわたしが調べてきたことをみんな知りたがった。四歳の生は質問のカタログだ。わたしはスマートフォンでキティちゃんが貼りつけられた救命胴衣の写真を見せる。ギリシャに向けた危険な航海に船出する前に子ども向けに売られていたものだ。当然、サマラには転覆のことや死者のことは言わなかった。大好きなキティちゃんの写真を見せるだけにした。サマラは微笑んだ。そして、今日は土曜日だということを思い出させた。十一時にはフランス文化センターでお話し会がある。二人だけの貴重な時間だ。外に出る前にコートを羽織り、ブーツを履く、天気予報が雨を告げていたからだ。手をつないで、タクシム広場に続く小さな通りを歩く。人でいっぱいの広場を横切るときに、赤い色の古い路面電車のそばでシミット売りとすれ違う。フランス人旅行者たちが自撮りしていた。イラン人の旅行者が道を尋ねている。黒いベールを着けたサウジアラビアの女性がタクシーを止めている。反対側の、イスティクラル通りの入り口でシリア女性の物乞いが小銭をもらって祈っている。その足元で鳩がパン屑《くず》をついばんでいた。

十時五十七分、あと三分でお話し会が始まってしまう。イスティクラル通りの入り口で、文化センターの階段の一段目に足をかけた。わたしの後ろで、サマラの小さな声が〈なんて素晴らしい日!〉を口ずさんでいる。入り口でわたしは鞄を保安検査に差し出した。警備員は鞄を開く時間がなかった。空気が引き裂かれた。一瞬のあいだ、金属音の咆哮《ほうこう》が、激しく突き刺さってくる。わたしは驚いて振り返る。歩行者専用の通りはパニックの波だった。頭を下げた人々がタクシム広場に向けて突進する。怯えた人々の群れ。爆発はすごく近い。不意をつかれた。十数メートル？　もっと近い？　わたしはもう動けなかった。サマラはわたしにしがみついている。文化センターの警備員はわたしたちを中に押し込んだ。後ろでドアが閉まる。外は大騒ぎだった。不安と情報を求める声でがやがやしている。道路の上は混沌だった。

サマラはわたしの袖を引っ張った。「今の何？」なんとしても娘を安心させなければ。質問をそらすのだ。たった今助かった命のことを考えるのだ。遠くの落書きにあった「ＨＯＰＥ」という言葉にしがみつく。花火の音だと思えばいい。そしてサマラに十一時よと言う。お話の時間だ。小さな手を取って、視聴覚室に続く中庭を横切り、階段を下りる。本のある部屋のガラス戸を押す。地下では誰も爆発音を聞かなかったようだ。本が音を遮ったのだ。紙の防空壕。時間は十一時五分、わたしはお話し役のジュリーに耳打ちする。口から「爆弾」という言葉が漏れる。瞬《まばた》きしたあと立ち直って、両手を打ち合わせる。「さあ、お話が始まりますよ」その平静さは見習うべきだ。長椅子に並んだ子どもたちが静かになる。今はお話の時間で、今日はアルフレッドのお話、臭い犬のお話だ。今はお話の時間で、外では救急車が走り回っている。今はお話の時間で、アルフレッドは食いしん坊で骨を食べるのが好き。今はお話の時間で、わたしのスマートフォンにはニュースが殺到している。

自爆攻撃、死者は少なくとも四人、負傷者十数人。イスラーム国の犯行とされている。アルフレッドが吠える。サイレンの音。ジュリーは語る。ヘリコプターの音。ジュリーはページをめくる。子どもたちの笑い声。アルフレッドは魔法の犬で、太陽の下で顔を変える。本の壁の向こうで、イスタンブールは血を流し、心に傷を負っている。フィクションの星と現実の火花。

十一時四十五分、お話はもうすぐ終わる。そうしたら後は？　地上に出て行きたくない、この静かな時間を最大限に長引かせたい、穴の底に残って他のお話を聞きたいという激しい欲求。犬のお話、猫のお話、カタツムリのお話、シラミのお話。手の届く限りの本を読み尽くしたい、夜になるまで。外に誰かいるだろうか、サイレンを消してくれる人が。警察官の怒鳴り声を止めてくれる人が。編集長に、原稿は遅くなると伝えてくれる人が。ここから出るには早すぎる。子どもたちを現実に向き合わせるには早すぎる。夢を見て、希望を持つという子どもたちの権利を奪うには早すぎる。警備員には他にしなくてはならないことがある。図書館から人を退去させるようにと指示があったと言う。できるだけ早く。ついてきてください。壁に沿って。一列になって。庭の奥まで行って、裏門から出てください。さあ、早く。

急いで。

十二時だ。タクシム広場は狂ったように騒ぐカモメが数羽いるほかは人けがなかった。横切るのにこれほど広く感じられたことはない。腕の中でサマラがささやく。「爆発を聞いたの初めてだと思う」なんと答えればよいのだ。わたしは何も言わなかった。いずれにせよ、ヘリコプターの音で答えは聞こえなかっただろう。今度は、どうしてヘリコプターがいっぱいなのかときく。「嵐のせいよ……」。今朝、ブーツを履いたの覚えているでしょ」最初に思い浮かんだ嘘がそれだった。結局、今はお話の時間なのだ。

家に戻ると、猛烈に彼らに電話したくなった。アフマド、シャディ、アブー・エル＝エズ、オマール。起きたことを話す。わたしたちに近づいてくる暴力、死ぬんじゃないかと思って怖かったこと、本の与えてくれる慰め、脱出としてのフィクション、紙の避難所のこと。そんなことを彼らに言おうとしていた、彼らがすでに知っていることを。毎日、毎時間、毎分、もう三年以上もその中で生きていることを。なんの役に立つのか。イスティクラルの攻撃は、ダラヤの地獄と比べたらただの三面記事ではないか。

二週間後の四月五日、ダラヤから新しいメールが届いた。今回は集団による公開書簡だった。町の四十七人の女性が署名した苦しみの叫びである。

わたしたちは、シリアの包囲された町ダラヤの女性です。町を救うための緊急の呼びかけをしています。繰り返される爆撃と破壊、封鎖によるシリアの悲劇は続いています。わたしたちの町は三年ものあいだ最悪の状態を経験してきました。兵糧《ひょうろう》攻めによって、市民は高い代償を払っています。町ではすべてが欠乏しています。単純なものでは食塩のような基本物資から、複雑なものでは外の世界と連絡を取る手段まで。

ダラヤがモアダミヤと切り離されてから、状況は大きく悪化しました。町は完全に閉ざされ、逃げようとする市民も出ることができません。わたしたちも八千人の住民と運命を一つにしています。最近では、爆撃が恐ろしいので、地下以外では生活できません。

最近の停戦合意の後、静穏が戻ってきました。しかし、地下の避難場所以外では暮らせません。すべての建物が激しく破壊されているからです。

起きていることを近くであるいは遠くで見ている人すべてにわたしたちは呼びかけます。わたしたちは緊急に援助を必要としています。

ダラヤにはもう食料がありません。栄養失調の症状が出ているケースもあり、飢えを満たすために香辛料だけのスープで満足せざるを得ません。ここに署名している中の何人かは二日前から、あるいはその前から食べていません。

子どものための粉ミルクももうありません。母親は栄養状態が悪く乳が出ません。洗剤のような必需品さえ手に入らず、清潔を保ち疫病を防ぐための製品も欠乏しています。

わたしたち、ダラヤの女性は要請します。

——町の全方位封鎖を即座に解いてください。

——道路を開き、必需品を入れてください。食料、医薬品、飲用水、衣服、靴、生活維持用品。

国連とすべての人権団体にお願いします。即座に町に入り、傷ついた人にできるだけ早く援助が来るようにしてください。

ジャーナリストにお願いします。飢えがこれ以上広がる前にダラヤについて書き、わたしたちの町の運命が注目されるようにしてください。わたしたちは飢え死にしかけています。乳児と老人が最初に倒れるでしょう。お願いです、間に合ううちに必要なことをしてください。

わたしは書簡に添えられた署名をひとつひとつ読んでいった。サウサン、カディージャ、アジザ、モウナ、イクラム、サマール、ナジャア、アマル、マラク、アマニ、キナズ、サミラ、ラマ、ハイファ、ファテマ、マハ、メルザ、ヌール、ジューマナ、アフラア、ガーダ、フールー、ワルダ、ルーブナ、アメナー、アヤト……血のインクで書かれた名前の列が、最後のSOSのように、世界に向かって突きつけられた。

〝目に見えない人たち〟が沈黙を破ったのはこれが最初だと思う。最終的に政府のブラックリストに載る危険を冒して、匿名でいるのをやめたのだ。

アラブの女性の伝統的な慎みを破るに至った絶望の深さが思いやられる。

この手紙は、気に入られよう、誘惑しよう、操ろうという意識がまったく感じられず、気持ちがストレートに出ている。

わたしは彼女たちのことを何も知らない。見ることもない。だが、その話を聞き、どんな人か想像する。家庭の主婦、教師、助産師、活動家。彼女たちの日々の苦しみを推測する。彼女たちの疲労、流産、早産、生理用品がなくなることを思う。怯えた子どもたちの夜尿症、動揺した母親の不眠症、暗闇で流す涙を思う。こうした不幸は戦闘員の勇敢な行為が評価される中で、かき消される。だが、男たちの勝利の背後に、女たちの苦しみがあるのだ。

どんな戦争にも隠された女性に関わる物語がある……。書簡を受け取った数日後、フッサム・アヤシュと知り合いになった。ダラヤの若者グループのもう一人の中心人物である。本で学んだ完璧な英語を話すフッサムは評議会のコミュニケーションを統括して、公式声明を出したり、メールを翻訳したり、外国人ジャーナリストの質問に答えたりしている。スカイプの向こうで、フッサムはアディダスの青いTシャツの中で迷子になっているような印象を受けた。「三年で体重が十八キロ減ったんですよ」と言った。三十二歳で、一メートル八十センチ、六十二キロ！　しかし、疲れと飢えで落ち窪んだ目の下の勝ち誇ったような笑顔は画面を明るくする。

「絶望の日々には未来を見つめるんです」と熱意をこめる。

彼の未来はゼイナという名だ。モアダミヤの女性で、現在はイスタンブールに逃れている。二〇一五年末、ダラヤとモアダミヤとの通路が遮断される少し前に出会った。一目惚れだった。数週間経って二人の恋人たちは、二つの町の中間で、互いに支え合おうと固い約束をして婚約した。だが、二人が会うのはいつでも危険な冒険だった。フッサムはモアダミヤまで出かけていった。丘の上で二つの町の行き来を見張っている政府軍の兵士から砲弾を撃ち込まれる危険を冒さなくてはならなかった。反対側では、ゼイナがベールの下で胸をドキドキさせながら彼を待っていた。人目を忍ぶ出会い、慎ましやかに手を握り、甘い言葉を交わす。それ以上のことは何もない。ダラヤの欠乏状態の中では婚約者にささやかなプレゼントをすることもできない。「二人で決めたんです。プレゼントはなしって」とフッサムは説明した。しかし三回目の出会いのとき、ゼイナは約束を破った。

「その日、ゼイナは本を二冊くれました」

画面の向こうで、彼はそのうちの一冊を大切な宝物のように掲げた。題名を読む、ジュリア・ベリマンの『あなたと心理学』。何かを予期してのプレゼント?

「二つの町の最後の通路が閉ざされる前の日でした。そして、ゼイナがトルコに出発する前の日でもあった。ゼイナはいやがっていたが、両親がついてくるように言ったのです」

その慌ただしい出発以来、二人の恋人たちは一度も会っていない。しかしそのときの本は彼を片時も離れていない。愛のあかし。この終わりのない戦争の中で元気のもととなっている。この本は触媒でもある。手紙のやり取りは常にその本をめぐっての話だ。

「本は僕たちの共通分母になっています。接続できないときは、それぞれ自分で本を読んでいて、読書メモをやり取りしたり、スカイプかワッツアップで接続できたときに直接感想を言い合っています。本が僕たちを近づけてくれます。僕たちの架け橋になっているんです」

若い恋人たちはお互いのことをほとんど知らない。そもそも二人は非常に違っている、文学の趣味も含めて。

「ゼイナは恋物語が好きです。もう夢中ですよ。僕はどちらかというと、人間関係を扱った作品に興味がある」

それなのに、早く愛し合いたい、知らない人と愛を語りたいと熱望し、お互いの将来を、といっても不確かではあるが共通の夢でいっぱいの将来を、相手に託そうとしている。教授の助言に従って、フッサムはアメリカ人ジョン・グレイが書いた

『ベスト・パートナーになるために――男は火星《マース》から、女は金星《ヴィーナス》からやってきた』を図書館から借りて貪《むさぼ》るように読み、愛しい恋人にも読ませようとした。

「それは僕たちの助けになりました。お互いの違いを理解して、遠距離恋愛の困難を乗り越えるのに」

だが、彼らは戦争から生まれる悩みにも適応しなくてはならなかった。とりわけゼイナにとって、トルコでの生活は不安をさらにかき立てるだけだった。

「遠くにいる人間の方がどれほど苦しいかよくわかりました。僕にとって、戦争は日常の一部です。戦争は僕の日常なんです。僕はそれを選び、受け入れました。実のところ、僕は恐怖という概念を忘れてしまった」

最後の言葉の後に沈黙が続いたが、即座に激しい笑い声が追いかけた、笑い声はわたしの書斎の壁に跳ね返った。わたしは彼を見る。フッサムは大きく口を開けて笑っている。必死に生にしがみついている人のような激しさで笑っている。傲然と死に背を向けているのだ。フッサムで印象的なのは、経験している困難からたやすく距離を置けることである。日常の不条理さを受け入れる、必要なら笑い飛ばす。彼に年老いた賢人のような分別があると批評したところ、彼は平然として答えた。

「ああ、あのね、僕は一九八四年に生まれたんですよ。ジョージ・オーウェルの物語の年に。僕の人生が単純になるはずはない。五年で、少なくとも四十は年をとった気がする……」

フッサムはまたあいだをあけた。わたしは彼をまじまじと見る。目立たないしわの隅々まで。彼の顔は歴史の一ページだ。五年のあいだに、彼は多くの経験をした。革命の最初の激動、兵役のときに反乱者に銃を発射するのを拒んで刑務所に行ったこと、二〇一三年夏のサリン攻撃、そのとき彼は死ぬところだった。彼の名前、仮名だが、それさえ彼一人の物語がある。彼はその名をダルアー最初の犠牲者から取った。二〇一一年の反乱が始まった出発点の町である。

「時々、無感覚になったのではないかと思うことがある。運良く、ゼイナがいて、僕に正常とはどんなものかを思い出させてくれます」

ゼイナは、彼のバーチャルな女神であり、彼の人間らしさの部分であり、戦争が彼の感情を食い荒らそうとしているときに、地に足を着けられるように助けてくれる人だ。彼女は彼の半身で、彼がもうなくしてしまった涙であり、不安定な線の向こう端から、彼を愛している、口げんかや意見の対立があっても、彼を待っているとささやくとき、それは不安な日々のはかない部分である。

「定期的に電話できないと悲惨なことになりますよ！　ゼイナは僕が現実に碇《いかり》を下ろすのを助けてくれる。どうしても接続できないときは、本が残りの部分をささやいてくれる。以前の学生だった僕に戻ったような、世界のどこにでもいる若者と同じだという気持ちにさせてくれる。本は、僕のものとなったこの歪《ゆが》んだ人生から、一瞬のあいだ僕を引きはがしてくれるんです」

女性たちの姿が見えないこの町で、彼が紛争を耐え抜く力を与えているのは一人の女性だった。ゼイナへの愛が彼に目的を与えている。前線の向こうに描かれる目標。戦争という壁の向こうでやがて二人の生活ができるという夢である。

「こんにちは、元気？」

「こんにちは、アフマド。何かニュースでも？」

「何だと思う？　国連と赤新月社《せきしんげつしゃ》の人道援助がとうとうダラヤに入るんだ！」

「ほんとうに？」

「もうすぐ着きます。時間の問題……というか、日にちの問題……」

「いいニュースじゃない！　ダラヤからの援助の呼びかけがとうとう聞き入れられたのね！」

「ええ、ただ食料はないと言ってきました。医薬品だけ、避妊用具、尿糖検査試験紙……僕たちに必要なのはどっちかというと砂糖なのに」

二〇一六年五月十一日だった。ワッツアップでのこのやり取りは、ダラヤが地獄に転げ落ちるのをさらに早める一連の失敗の始まりでしかなかった。二十四時間待たされた後、三年半ぶりの人道援助がとうとう町に近づいた。延々と続く交渉の果てに、政府はやっと条件付きで許可を出した。食料はなし、ただし乳児用の粉ミルクだけは許可する。だが、最後の瞬間に、政府軍は独自の規則を押し付けてきた。ワクチンしか通せないというのだ。国連は脅しを拒否し、来た道を戻った。

数分後、不吉な仮面舞踏会はさらに悲劇的な様相を見せる。援助の車列を待ってダラヤの人々が集まっていた駐車場に、九発の迫撃砲弾が撃ち込まれたのだ。

「あんなに待っていた物資の代わりに、大砲の弾をもらったってわけですよ！」アフマドは激高していた。

五月十二日の二十一時。その攻撃で父親と息子が命を奪われた。最後の最後まで侮辱されて。腹を満たそうという大胆すぎる夢を見たばかりに。

数日後、アフマドは我を取り戻した。彼の町が受けている悲劇的であると同時に不条理な残酷さに、一つの動画を撮ることを思いつき、五月十六日にEメールで送ってきた。ファイルを開く。娘のサマラよりちょっとだけ年上の子どもたちがいて、マットレスのテーブルの上で土をこねている。カメラの後ろからアフマドの声がする。「なんのお料理を作ってるの？」一人の女の子が答える、「お菓子！」アフマドが続ける。「どうやって焼くの?」「太陽で乾かすのよ!」別の子が説明する。それから、罪のない小さな手で、練った土をタルトの型に入れ、デコレーションとしてプラスチックの花を付け加える。小麦粉がないので、自分たちの不幸を笑うために子どもたちは〝芸術作品〟を作っているのだ。

驚くわたしに、アフマドは宣言した。

「なんでこんな映像を作ったかわかる? 僕たちの声が聞き入れられるように、国際社会にメッセージを送る方法を見つけなければならないからなんだ。僕だけのことなら一週間ずっと寝ていたっていいんだけど……」

だが、睡眠は取り引きのきかない贅沢だ。食べることが禁じられ、ダラヤの住人たちは眠ることも禁じられている。息をすることさえ! 二週間後、二〇一六年五月末、休戦協定が粉々に砕け散った。ダラヤの〝たくさんの家〟の上で、空はまた嵐になった。雲を割って樽爆弾が雨のように落ちてくる、周り中を破壊する爆弾、死をふりまくもの。ヘリコプターが再び正気を失わせ、大気を引き裂いて、溜め込んだ鉄のかけらをぶちまけ、町の隅々にまで傲慢な手のひらで威嚇《いかく》してくる。

「アサドは僕たちの気を狂わせたいんだ」アフマドは疲れたように言った。

何度も何度も失敗したあげく、ようやく彼とスカイプで接続できた。消耗しきって目の周りに隈ができている。爆撃が再開されてから、一睡もしていないという。これほど疲れ果てた彼を見るのは初めてだった。爆発音の合間に、彼はその恐怖を語った。住民は瓦礫《がれき》に埋まり、防衛ボランティアは急を要する負傷者の世話で手一杯だ。麻酔薬は足りない。前にも見た風景だ。悪夢が繰り返されている。もっとひどい悪夢が。

アフマドは墓地の写真を送ってきた。墓地は見渡す限りに広がっている。埋葬は実際のところ流れ作業だ。お別れの祈りも、墓石もない。墓の代わりにただの土の盛り上がりがあるだけ。故人の名が殴り書きされた厚紙が墓石の代わりだ。屍衣はストックが切れた。シーツやカーテン、テーブル掛けで間に合わせる。「ときには、布に包む時間もなくて埋葬することもあるんです」

今では九〇パーセントが破壊されたダラヤでは、尊厳を保って死ぬことさえ許されない。

町が地獄になるとともに、欠乏状態も広がった。二〇一二年以来水道も電気も奪われ、住民はすべてが欠乏している。ガソリン、基本食料、トイレットペーパー。

燃料油を作るために燃やすビニール袋や水のタンクでさえほとんどなくなってしまった。住民をさらに飢えさせようとしてか、政府は発火性の武器で周りの畑を爆撃している。

「包囲されてから生まれた子どもたちは、リンゴがどんなものかさえ知らないんですよ！」とアフマドは言った。

彼は言葉を切る。鉛のような沈黙。そして、墓場から響くような声で栄養失調の症例を数え上げる。成長をやめた子どもたちのこと、それは人道上の災厄である。犠牲になった彼の町は、マダヤと同じ運命を辿る恐れがある。同じように政府軍に包囲されたその町では、二〇一五年に三十人が餓死した。カメラの届かない陰で、ほかにも十七の町が同じ状況にある。そのうち十五は政府に包囲され、二つはイスラーム原理主義のアル＝ヌスラ戦線に包囲されている。飢えは戦争の武器だ。とりわけ効果的な武器だ。目には見えないが、身体を中から少しずつ食い荒らす。人を胃袋からコントロールするために完璧に計算された破壊的な戦略だ。

二〇一六年六月一日、人道援助の最初の荷がようやくダラヤに着いた。

「なんとか間に合った！」アフマドが短いメッセージで喜びを伝えてきた。

その喜びは長く続かなかった。待ちわびた食料の代わりに、五台のトラックが届けたのはシャンプー、殺虫剤、加えて数台の車椅子などで、口に入るものとしては薬とミルクの缶だけだった。住民を失望させ、この件で国連の評判は地に落ちた。非協力的な政府に対して何もできないと非難され、わずかに残っていた信頼も失われた。

これらの数えきれない失敗に国際社会からの非難は声が小さすぎた。それ以来、アフマドは待つのをやめた。人生を幻想なしに正面から見ることにした。

「自分自身しか当てにできないんだ。世界中が僕たちを見捨てた」

どうやって不条理を生き抜くか。どうやって飢えをしのぐか。苦痛と疲労に負けずにいる方法。生存のすべての局面に暴力が忍び込んでいるときに、どのように暴力と対抗するか。アフマドは、落ち込まないようにするため、それぞれが生存のメカニズムを作り上げているのだと語った。爆撃の合間に、フッサムはパソコンに鼻をくっつけ、不確かな将来に視線を釘付けにして、ものすごい勢いで勉強する。彼は最近、ロシュド大学に登録した。通信教育の大学だ。シャディは、相変わらず爆弾を追って走り回っている、すべてを撮影し、すべてを記録することにこだわっている。政府の犯している犯罪行為をその場で記録することに取り憑かれている。もし自分が消えても、少なくとも何らかの痕跡は残せるだろうと言っている。評議会の同僚と一緒になって、墓地の正確な地図を描くことまでした。墓地に爆撃されてもそれぞれの墓を突き止めることができるようにするためだ。戦争のせいで、あらゆることを考えなくてはならないと学んだのだ。

図書館はどうなった？　図書館は相変わらずそこにある。地下に密かに隠れ、本の並んだ棚、プロジェクター、花柄の長椅子、時おり訪れる利用者。だがオマールが前線にずっといなくてはならなくなって以来、大きな空虚が残された。前線では反政府側の兵士に大きな被害が出て弾薬も底をつき始めている。たとえ一分でも戦場を離れられない。それでもオマールは読書を続け、めったにない休息の時間に、熱い茶を飲みながらイブン・ハルドゥーンやニザール・カッバーニを読んでいる。彼は政治的著作を読むのをやめていない最後の住人に違いない。ダラヤの他の人々は集中力も熱意もなくなっている。あれほど人気のあった自己啓発本でさえ、読む人が少なくなった。

アフマドはわたしに打ち明けた。この終わりのない苦しみのときに、同じような経験をした人の体験記を読むことだけがいくばくかの支えになる。友人たちと図書館の棚からサラエボ包囲についての本をいくつか見つけ出した。一九九二年から一九九六年にかけてセルビア軍によってボスニア＝ヘルツェゴビナの首都が封鎖された当時はまだ若く、彼らはそれを後になって歴史として知り、驚きに目を見開いた。

四年間の絶え間ない爆撃、飢え、その地獄の釜に閉じ込められた三十五万人の恐怖。四年間続いた無差別の暴力により十一万五千人が亡くなり、町は千のかけらに砕けた。ずたずたになった建物、大きな穴の開いた記念建造物、図書館も同じ目にあった。百五十万冊の本が煙となって消えた。砲弾の雨にさらされた図書館は、サラエボの文化遺産の土台だった。歴史との対面。彼ら自身の歴史、彼ら自身の悲劇、彼ら自身の苦しみ、そして、彼ら自身の勇気、彼ら自身の自由への戦いを映す鏡だった。

「サラエボのことを読むと、ひとりぼっちじゃないと思える。僕たちの前に、ほかの人たちも同じ困難を経験してきたんだって。別の国、別の状況だけど、彼らの話のおかげで、少し強くなれた気がする。もう一度体の中に力がわいてきて、僕を前に進ませてくれる」とアフマドは言った。

こうした著作に刻まれた紙の記憶のほかに、生きた記憶を語る言葉も付け加えられた。アメリカ人戦場ジャーナリストの仲介により、ムハマド・シハデすなわちあの〝教授〟は犠牲になった町から救出された人たちと直接連絡を取った。彼らと話すためにワッツアップのグループを作り、やり取りしていく中で、生き延びるこつやエピソードを聞き、さらには、世界中がすでにダラヤを忘れさっているときに支援の約束までしてもらった。

だが、アフマドにとって最も大きな慰めはマフムード・ダルウィーシュだった。二〇〇八年に亡くなったパレスチナの詩人で、アラブ世界で愛されている。アフマドは一九八二年のベイルート包囲について書かれた詩や、二〇〇二年にラマッラーの封鎖について書かれた詩を読んでいた。革命の前に何度も読んだことがあったが、当時の考えでは遠いこととしか感じられなかった。封鎖が始まってから、この二つの傑作は突然特別な重みを持つようになった。彼は全文を暗記している。毎朝、彼はユーチューブで見つけた音源、詩人が自作を朗読している音源を聞く。

「それを聞くと、自分が表現できないことをささやいてくれる秘密の声のように感じるんです。自分では歌えない歌を誰かが歌ってくれているというように。ひとつひとつの言葉、一行一行に僕がいる。書かれているその経験に僕を見る。砲弾の下で待っていること、時が広がっていくこと、忘れることのできない犠牲者たちのこと。僕はその詩を聞いて思うんです、僕が感じていることとまったく同じだって」

アフマドは言葉を切った。画面越しの彼の高揚がわたしの書斎の上空に漂っている。もしどちらかを選べと言われたら、新しい方の詩、「包囲」だろうと言う。イスラエル軍がパレスチナのラマッラーを封鎖したときのことを書いた詩だ。好きな一節はどれかときいた。

「もちろん、最初のところです」と彼は答えた。

そして感情をこめた声で暗誦した。

ここ、丘の斜面で、夕日を見つめ
時の空隙《くうげき》を見つめ
影の中にいる羊飼いのそばで
囚人と同じように
失業者と同じように
わたしたちは希望を耕《たがや》す

アフマドは画面に向かってゆっくりと顔を上げた。唇が引きつったまま凍りついている。すべてが語られた、時の流れにも戦争にも摩耗することのない繊細な詩文として。この詩の中で響く言葉が語ってくれている、彼の代わりに、ダラヤの代わりに。

それでもやっぱり希望だ。テラスの片隅に作られた菜園の中で希望が耕されている。乾いて汚染された大地から生えてきた向日葵《ひまわり》の中に希望がある。砲弾にえぐられた穴の真ん中に植えられた灌木の中に希望がある。わたしはダラヤの若者たちが送ってきた新しい画像を見直している。この悲劇的な状況の中でも、その画像は詩が形となったものだった。彼らのたぐいまれな創意工夫、彼らが抵抗するのを助けてくれるこの〝身体の中の力〟を表現したものだ。餓死しないために、彼らは中庭を小さな畑に変え、日々の慎ましい食事の材料を植えている。レタス、ほうれん草、トマト、ジャガイモ。町で最後に残ったブルグル小麦と、こうした野菜が彼らの基本食料となっている。ときに、あまり収穫できないときは、木の葉と根を昔のストーブでコトコト煮ただけのスープで我慢しなくてはならない。

「臭いんですよ！」フッサムがスカイプで顔をしかめる。

彼のからかうような笑いは、日常の恐怖に対する戦略だ。ゼイナの話を聞いて以来、わたしたちはよくワッツアップで話をした。彼は完璧な英語で、情熱のこと、恋人との言い争いのこと、この後どうなるのかについての疑問などを話した。外国人女性に話すことで、彼が必要な第三者的意見が得られるということなのだろう。会話のたびに、わたしはコーヒーを遠くに押しやり、ビスケットの袋をカメラの視界から隠すようにしている。しかしその日、〝料理〟の話をしようと主張したのは彼だった。空腹を紛らわす一つの方法なのだと言う。

「いちばん食べたいものは？　グリルしたチキン！」フッサムは面白がっている。彼は、とくに好きなチキンについて、詳しい論文でも書けそうだ。パリパリした皮、腿を柔らかくするソース、ドラムスティックの味……

「そういえば、空腹のことを話しているうちに、昼食の時間だ」フッサムは、暗い記憶の埃《ほこり》を払い落とすためのもうなじみになった口調で言葉を継いだ。

画面の向こうでフッサムは立ち上がる。顔が画面の外に消え、棒のように細い脚が見えた。フッサムはノートパソコンをぐるっと回して部屋の中を見せた。長椅子と書類がいっぱいの棚を手で指し示す。映像が凍りついた。接続が悪いのだ。次いで、ガス台が映る。わたしは好奇心に満ちた視線をさまよわす。鍋、流しに積まれた皿、彼のキッチンが映っているようだ。

「お昼を一緒にどうかな？」彼は冗談の口調で続けた。

戸棚には、空っぽの箱と、ブルグルの袋が一つ。

「今日のごちそうだ！」彼は湯を沸かしながらおどける。

ここ数週間、これだけがフッサムのいつもの食料だ。心もとない残りを見て、あと数カ月は持つように、最大限に量を減らしている。

「たんと召し上がれ」わたしは皮肉で答える。

湯気が上がり、パソコンのモニターが点々と白く濁る。フッサムが再び姿を消し、また現れた。皿にベージュ色の粥状のものが入っている。

食べ始める前に、彼の記憶細胞が働いたらしく、料理に関するほかの打ち明け話が始まった。

「空腹に逆らうために、誰かの家に集まって、一晩中食べ物の話をすることがあるんだ。めいめいが好きな料理の名を挙げる。おばあさんが作る詰め物をしたズッキーニ、肉のブイヨンで作ったソース、好きな香辛料、それに添えたいピスタチオのデザート」

ほかの遊び方は、いっぱいのスープを真ん中に、たっぷりとしたごちそうを最後の一さじまで味わっている振りをする。だが、パンがないので限界はある。ダラヤでは二〇一三年以来、パンは色さえ目にしていない。そのときまで、評議会は爆撃を受けなかった最後のパン屋の活動をなんとか維持してきた。その後、小麦粉の供給が尽きるときが来て、ダラヤはパンなしでやらなくてはならなくなった。だが、ここでもユーモアが助けにきた。シリア人が好きなこの基本食料がないのを埋め合わせようと、フッサムと仲間たちはジョークを作り出した。逆に、世界の他の土地にいて、バゲットにしようか、ブリオシュにしようか、それともシリアルにしようかと迷って時間を無駄にしている哀れな消費者を皮肉ることにしたのだ。

「少なくとも、僕たちにはそんな心配はない」とフッサムは微笑んだ。

そして、二〇一六年六月九日夜、ラマダンの断食月の第四日、希望が、本物の希望が、とうとうダラヤの門を叩いた。今回は町の壁を越える。四十八時間の一時停戦を利用して、九台のトラックが封鎖された町に入るのだ。荷台には小麦粉の袋と乾物と医薬品が積まれている。十分にはほど遠い。ひと月なんとか持つくらいだ。

だが、飢えた八千人ほどの住民にとってはこれだけで奇跡だ。

「やっと！　もう信じられない！」ニュースを告げるアフマドは熱狂していた。罠は開いたとたんに口を閉じた。翌日になるとすぐにわたしはニュースで知った。政府の飛行機が再び空を飛び回り、これほど待ち望んでいた食料の分配を妨げているのだ。外国では怒りの声が続き、シリア政府の不誠実さを非難した。しかし、効果はなかった。空から落ちる爆弾が言葉の無力さをあざ笑う。ダラヤの柩に最後の釘を打ち込むかのようだった。

わたしは心配してアフマドを呼び出した。彼は大丈夫だろうか。比較的安全なところに避難できているだろうか。この新しい不運にがっくりきてはいないだろうか。画面の向こうで、彼は話すこともできずにいた。声を失っていた。喉がひからびていた。打ちのめされ、落ち込んでいるようだった。インターネットで付き合ううちに、彼の言葉のあいだを読み、答えを予測し、彼の沈黙を読み取ることができるようになっていた。だが、この沈黙はいつもと違った。ここで初めて、彼はダラヤを語る言葉をなくしてしまった。

彼の感情は言葉を失った。

彼の町が危ない。
彼の希望は、殺されてしまった。

二〇一六年六月十二日。朝五時、わたしは眠れなかった。ダラヤから、わずかな生命の兆《きざ》しでも出てこないかとインターネットで見張っていた。アフマドはもう呼びかけに答えない。ワッツアップに送ったメッセージはすべて返事がないままだ。読まれてさえいない。既読の印がつかないのだ。スマートフォンで、ほかの通信相手のリストをスクロールする。フッサム、不在。シャディ、不在。オマール、不在。空白のページのように真っ白な沈黙。パソコンの画面が彼らを永遠に失ってしまったのではないかという恐怖で曇る。インターネットなしでは世界は再び広大になり、単純にも、もうなくなってしまったと思っていた距離が遠ざかる。ネットの上で築かれた絆《きずな》によって彼らの安全が保障されているものと、わたしは信じるようになっていた。砦にできたありがたい裂け目は、彼らの周りで強化され続けるものと思っていた。ネットは彼らの絶望の上に閉ざされ、これから先、世界は彼らの苦悩の訴えにも、生存者の孤独な祈りにも完璧に耳を閉ざす。彼らとわたしたちのあいだに夜がある。終わりのない夜が最後の言葉を飲み込んでしまった。

シリア政府から発せられる威嚇の言葉はまったく勇気づけられるようなものではなかった。樽爆弾やクラスター爆弾で町の形が変わってしまったダラヤという墓から数キロの場所で、プロパガンダの拡声器は〝テロリスト〟を殲滅《せんめつ》すると宣言している。眼科医のアサドは宮殿の高みで自分の目隠しを大きくして、反乱の町に向かう兵士に、やつらを早く嚙み砕いてしまえとせかしている。世界のカメラが届かない場所で、万力が締め上げられている。見ている人がいない今、わたしは最悪を想像する。大規模な軍事攻撃、殺人的攻撃。一九八二年のハマー虐殺のように見えない場所での大虐殺。当時、ソーシャルネットワークはまだ生まれていなかった。わたしはアフマドと彼の仲間のことをどうしても考えてしまう。彼らは、爆弾と同時に、彼らの苦しみを遠巻きに見ている国際社会の無気力さによって二重に被害を受けているのだ。

彼らからの知らせがなく、わたしはフェイスブック、ワッツアップ、ユーチューブを探し回った。たとえ小さなものでも何かの痕跡がないかと探して。一言もない。

不安な薄闇の中で、彼らのインスタグラムのアカウントを見ていく。アフマドのアカウントは数カ月間更新されていない。発表された最後の写真を見て泣きそうになった。白い喪のベールをかぶった母親が息子を埋葬している写真だった。ダラヤの葬儀リストに付け加えられるもう一人の犠牲者。わたしは投稿をさかのぼった。日付をさかのぼり、写真を一枚ずつ詳しく見ていく。彼の日常の万華鏡だ。赤いバラに「セックスしよう　戦争じゃなく」と言葉が添えられている。戦闘員が子猫を抱いている。白黒の自撮り写真でアフマド、フッサム、シャディの顔があった。彼らは町の廃墟の前でポーズをとっている。彼らのスナップ写真には必ず写っている装飾だ。彼らの顔がここにもある。カラー写真で、部屋の絨毯《じゅうたん》の上でくつろいでいる。混沌から盗み取られた一瞬の休止。わたしは戦争の不条理さを思う。さらにそれよりも、何があってもその日常に隠れ潜む正常さを思う。

そして、秘密の図書館のことを再び考える。紙による反抗のこと、オマールの手作りの本のこと、アブー・エル＝エズの負傷のこと、希望のメロディー、〈ジェンナ！　ジェンナ！〉のこと、革命のバラと水の瓶のこと、燃えるような視線のこと、平和を謳うプラカードのこと、犠牲になったすべての言葉のこと。わたしは写真から目が離せない。戦争が若者たちの顔に老人の眼を植えつけた。わたしは出来事の経過を辿り直す。どうしてこんなふうになってしまったのだろう。アサドの頭の中にどんな悪魔が隠れているのか。ロシアは？　イランは？　盲目的に従うことに執着する大小すべての独裁者の頭の中は？　いつか、ダラヤの死が語られるときに添えられる決まり文句はどうなるのかと想像するのもいやだ。権力欲の犠牲になった町。貪欲《どんよく》な人間の野心によって砕かれた夢。シリアの地図から消された小さな希望。包囲されて犠牲になった町のリストにまた一つ付け加えられた。マダヤ、ホムス、アレッポ……

イスタンブールの書斎で、わたしは托鉢僧のようにぐるぐる歩き回る。彼らが残してくれたもの、本にしがみついて沈黙を埋めようとする。『アルケミスト』、『殻』、『レ・ミゼラブル』、『7つの習慣』を読み返す。無呼吸状態に陥ったかのように、次から次と貪《むさぼ》り読む。リフレインのように、マフムード・ダルウィーシュの詩の一節がわたしにつきまとう。

包囲、それは待つこと、

嵐の中で傾いたはしごの上で待つこと。

そしてそれが繰り返されるたびに、『包囲』にある一節に打ち当たる。

書くこと、それは宙に噛みつく子犬
そして血を流さずに傷つく。

書くこととは。なぜ書くのか。どんな目的で。構想中のこの本、彼らの本、ダラヤの本、この本のページを飛ばしてしまいたい。続きを先取りしてしまいたい。悲劇的ではない続きを期待して、幸せな出来事のところで最後のピリオドを打ってしまったらどうか。彼らがいないのに、この原稿にまだ意味があるのだろうか。小説にはノンフィクションにない利点がある。現実の高速道路を迂回して、想像の小道に踏み込むことができる。変化を、決着を、新しい登場人物を作り出すことができる。だが、この段階でフィクションにかえるなど論外だ。この本の本来の意義は瞬間のはかなさを語ること。そのはかない瞬間を時の厚みと人の記憶に刻み付けること。あまりにも早く過去に追いやられ、爆弾一つで消え失せる現在の、微小な、ときには個人的な痕跡を拾い集めることだ。一人ひとりの話の中から、読まれた本のページから、戦争の開けた穴から、個人の思い出から、涙から、笑いから拾い集めるのだ。

それと同時にこの本は、未完ではあるが、隠れたヒーローたちの物語になる。途中でやめることはできない。

忘れないために書く。彼らを忘れないために。

ひと月が過ぎた。不安と内省のひと月だった。情報の欠如《けつじょ》を埋めようと必死に働いた。その日までに集めることができたものをまとめていた。写真、爆弾でずたずたになった言葉の切れ端、紛争から救い出された生命のかけら……

そして、七月十二日、スマートフォンの動きのない画面に最初の生命の兆しが現れた。

「シャディが負傷した」

安堵《あんど》と不安に揺れ動きながらワッツアップを経由して届いたメッセージを読み直す。「シャディが負傷した」おしまい。再び沈黙。いやな待ち時間。傾いたはしごの上で待つ……

その日が終わる頃、接続が回復した。ようやくニュースを知らせてきたのはシャディ本人だった。左手に大きく包帯を巻いていて、わたしを安心させようとした。

危険はない、だが、まだ攻撃のショックから抜け出せていない。この数週間は地獄だった。政府軍の兵士が陣地を広げようと町の入り口から攻撃してきた。危険を避けるためにしょっちゅう避難場所を変えなくてはならず、地下室の奥に隠れていた。そこからはインターネットへの接続が難しかった。波状攻撃は何らかの計画に沿っていて、それが延々と繰り返される。激しい爆撃が二日間、その後一日の休止というふうに。この十二日の朝は、いつもより穏やかそうだったので、シャディはようやく外に鼻を突き出した。メディアセンターの友達マレクが一緒だった。二人は家族を探し、ビデオを撮影し、被害の大きさを確かめるつもりだった。二人で西側の地区に行こうとしていたら、突然ロケット弾の雨が道を遮った。時間がなかった、回れ右しようとした。遅すぎた。次の一斉砲撃がすぐそばに襲いかかった。今度は足の下で地面が揺れた。前にも後ろにも一歩も進めない。煙が道を塞いでいる。埃とセメントの粉が混ざって舞い上がっている。ショックがひどくて、シャディは自分がけがをしていることにすぐには気づかなかった。

「もう何も見えなかった。『マレク！　マレク！』と叫んだ。彼に何かあったんじゃないかと怖かったんです」

シャディは手探りで歩いた。友達を見つけたときになってやっと左手が痛むことに気がついた。視線を下に向けると、血で赤くなっていた。痛みは強烈だった。榴散弾《りゅうさんだん》の破片が皮膚をむしり取り、人差し指と中指が脱臼していた。死ぬかと思った。小型トラックが猛スピードでやってきて、彼を病院に運んだ、町で一つだけの病院だ。看護師はてんてこ舞いだった。ようやく医師がやってきて急いで手術した。

「モルヒネがあまり効かなくて、痛みでうなってしまった。僕を元気づけようとして、医者はよく知ってるメロディーを口ずさんでくれたんですよ。『シャディは迷子になった』です」

シャディが死にそうになったのは二回目だ。ロケット弾はある建物の端に落ちた。彼が立っていた場所から五十センチほどのところだ。

「あと数センチ近かったらおしまいだったよ」

わたしはアフマドとフッサムとオマールのことを尋ねた。彼らと一緒にいたの？　みんな大丈夫だった？　シャディは安心させようとした。

「一緒ではなかったけど、グループのみんなは大丈夫。みんな爆撃から逃げてあちこち避難場所を変えるのに忙しくしてる」

それで、カメラは？　いつものように、シャディはカメラを肩ひもで心臓のそばに下げていた。仕事に戻ってすぐ、砲弾のかけらがあたってレンズが粉々になっていることに気がついた。使えない。本体の方は、完全に焼けこげていた。実際、カメラは防弾チョッキの役を果たしてくれたのだ。

「カメラが僕の命を救ってくれたんだよ」

シャディは口を閉じて思いに耽る。肌身離さなかった彼のカメラは、彼と死のあいだのバリケードになったのだ。だが、カメラは最後の瞬間まで仕事を果たした。

「後で、傷んだカメラからメモリカードを取り出したとき、カードは壊れていないとわかった。攻撃の前に撮った写真は全部無事だった。奇跡だよ！」

役に立つ記録写真。苦痛ではあるが必要でもある消すことのできない痕跡がちりばめられた、反駁《はんばく》できない戦争の刻印。

忘れないために書く……。二〇一六年七月十四日、今回はダラヤ評議会が署名した新しい書簡が町の深奥部から発せられた。非常に厳しく不安を訴える文章である。直接フランス大統領フランソワ・オランドに宛てたこの書簡は、世界に対して投げかけられた最後の救難信号だった。

共和国大統領閣下、

わたしたち、自由を求めて戦っているダラヤの住民は、わたしたちの町にのしかかっている脅威についてお知らせするためにこの手紙を書いています。二〇一二年以来、八千人以上の住民がダマスカス近郊で包囲され、この上なく困難な状況で暮らしています。電気、水、交通が完全に遮断されています。二〇一五年十二月にウィーンで結ばれた停戦合意があからさまに破られ、ここ数週間で政府の爆撃が激化し、この状況は激しく悪化しました。革命軍がダラヤとモアダミヤ間に設置した〝人道的通路〟は破壊され、市内の農地も同じく破壊され、住民から最後の供給源が奪われました。そこに避難場所を見いだしていた住民は、町中心部の廃墟となった建物に立てこもることを余儀なくされています。

四年のあいだに、この町の上に八千を超える樽爆弾が投下されました。アサドと同盟軍の最近の侵攻は大規模攻撃の前触れであり、ダラヤ最後の住民の虐殺とシリアの平和主義を守ってきたこの町の完全破壊につながるのではないかとわたしたちは恐れています。政府に抵抗し、イスラーム国の過激派に抵抗してきたダラヤは、二〇一二年八月と同じような新たな大虐殺の被害を受ける恐れがあります。二日間で、少なくとも六百四十一人の住民が政府軍によって殺されました。実際に起きているのは、モスクワの兵站《へいたん》支援を受けて進行しているバッシャール・アル＝アサドの奪回戦略の結果です。二〇一六年二月二十七日に〝敵対行為の停止〟が実施され、戦闘と爆撃は二カ月のあいだ停止されていました。政府軍が繰り返し合意に違反したにもかかわらず、革命軍が合意を尊重し続けたことにご留意ください。市民代表である評議会も、その監督下にある革命軍も同様に、常に政治的解決を主張してきました。政府軍は五月、一方的に合意を完全に終わらせました。それ以来、町の中心部に向かって侵攻していますが、その中心部に最後の住人が閉じ込められているのです。

大統領閣下、平和主義のダラヤがシリアの新たなゲルニカにならないように、停戦のタスクフォースに加わった諸国が責任を果たすべきです。シリア政府に二〇一五年十二月の国連安保理事会決議二二五四と敵対行為の停止合意を守らせるために、緊急に介入してくださるよう要請します。停戦に加えて、人道的通路の設置、被害者の避難と保護、最後に、封鎖の解除を要請します。常にシリア人民の側に立っていたフランスは、ダラヤでの虐殺を防ぐために影響力を行使すべきです。虐殺を防ぐことについては、和平プロセスを推進したすべての当事国と同様に責任があるのではないでしょうか。ダラヤの人道的状況軍事的状況は悲劇的ではありますが、ダラヤは平和的・政治的解決に向けて抵抗し戦い続けます、これまで四年間そうしてきたように。ですが、今日、国際社会の政治的・革命的力の介入だけが、ダラヤとその住民の完全な抹殺を防ぐことができるのです。

革命と、尊厳と、自由万歳。

七月十四日のこの訴えは読まれただろうか。

フランスでは二十二時三十三分だった。そしてその夜、フランソワ・オランドはほかの心配事に捕まっていた。ニースで、革命記念日の伝統的な花火が流血の中に終わったところだった。群衆にトラックが突っ込み八十六人の死者と負傷者多数を出した。残忍な犯行であり、イスラーム国の影響があった。

携帯電話に、真夜中に異常に遅れて立て続けに二つのニュースが届いた。わたしは前の日に船に乗ってギリシャの島に来ていた。たくさんの移民が波に飲み込まれた海だというのに、地中海は平和そうに見えた。この島ではネットは悲惨な状態だった。Ｗｉ－ｆｉらしきものをつかまえようと思えば、隣室の壁にへばりつかなくてはならない。星空の下でテラスにクッションを出し、石塀の上に携帯電話を置いてアフマドからのメールに返事を書き始めた。疲労に加えて無力感と罪悪感で、頭の中がごちゃごちゃになっていた。アサドはシリアで爆撃する。イスラーム国はフランスや他の場所で人を殺す。世界は燃え上がり、わたしはギリシャのちっぽけな島で孤立してコオロギの声を聞いている。このバカンスはサマラと約束したものだ。わたしはパソコンの空白のままのページを見つめている。アフマドに、あなたたちのことは忘れていないと言いたい。あなたたちの手紙はきっと良心を目覚めさせると約束したい。ダラヤは新たなゲルニカにはならないと、よりよい日々が来ると、ブドウ畑にはブドウが実り、果樹園にはオリーブがなり、おなかにはパンが入ると言いたい。この二十一世紀にこんなひどいことが罰せられずにいるはずがないと、フランス革命は一日にして成らず、時間がかかったのだと、今日イスラーム国が侮辱した〝自由　平等　博愛〟はそれでも揺るがないのだと、いつか、青いワンピースを着た少女が死者の顔に顔を寄せて〝ＨＯＰＥ〟という言葉を書かなくてもよい日が来るのだと、二足す二は確かに四で、五は国連の安全保障理事会に有罪を言い渡されるのだと言ってあげたい。人道に対する罪で、爆撃も、サリンガスの攻撃も、刑務所での虐待や強姦も、町の包囲も、飢餓による拷問もみんな。

これを全部彼らに言いたい。

だが明日は何が起きるのだろう。

明日、国連は小指でも動かすのだろうか。

殺人機械を止めることができるのだろうか。

明日、彼らの悲しみの声はほかの悲劇にかき消されるのだろうか。ほかの脅威に、ほかの紛争に。

明日、手遅れになってから国際社会はようやく目覚めるのだろうか。

今日は七月十四日。

ダラヤは泣いている。

苦しみの言葉。

紙の上の生死。

無視される無数の書簡。

決して書きたくない知らせがある。紙に書き留めるのもつらい言葉がある。

七月二十九日、イスタンブールに戻った日、アフマドが直接連絡を取ってきた。泣き崩れていた。

「オマールが死んだ」

わたしは声もなかった。オマール。ダラヤのイブン・ハルドゥーン。本を愛する男。図書館の反抗的な読書家。この包囲の新たな犠牲者だ。わたしは急いでアフマドの番号を押す。哀悼の気持ちを告げ、同情を伝えたかった。どれほどアフマドが彼を愛していたかを知っている。オマール、ダラヤの希望、兵士になるべきではなかった兵士。インターネットの接続は細切れだった。二語に一語しかわからなかった。ワッツアップのメッセージとメッセンジャーでの細切れの会話を通して、アフマドはこの数日の出来事を教えてくれた。航空機による絨毯《じゅうたん》爆撃が続いた。地上戦の攻撃は新しい地区に入ってきた。西部地区に、南部に、至るところに。住宅地域がかじりとられていく。農業区域は奪われた。そして次に危ないのが最後の食料貯蔵庫のある区域だった。オマールと反政府軍兵士たちは装備が不十分で力が発揮できない状態だった。政府軍の飛行機と戦車に対するにただのカラシニコフがあるだけだった。構うものか。どうしてもこの攻撃を防がねばならない。住民全体の生存がかかっている。そこで彼らは一か八かの勝負に出た。通常の防衛戦を超えて、敵の通り道に爆発物を仕掛けにいくのだ。丘の上から第四師団の兵士がその動きを見つけた。大砲が発射され、オマールが倒れた。二度と立ち上がらなかった。

ずっと長いこと話をしてきたが、アフマドはこの日初めて泣いた。

「彼が死んだと聞いてショックだった。動けなくなった。この悲しみを乗り越えることはできない。オマールはこの革命の偶像だったんです。間違って兵士になった、シリアのために平和と将来の夢を持っていたのに」

線の向こう側で、彼の声は嗚咽《おえつ》でくぐもっていた。彼の苦しみ、友を亡くしてできた胸の空虚を推し量る。ダラヤの一ページが永久に消し去られたのだ。わたしはどうしても彼のことを考える。この型破りの若い戦士、本に夢中の兵士で詩人、ネットの画面越しに最初に出会ったのは二〇一五年の秋だった。彼の携帯電話にあふれていたPDFファイルのことを思う。学ぶことへの渇望、政治の議論が好きだったこと、彼にあげようと思っていたマキャベリの『君主論』のこと。その本を彼は決して読むことがない。彼が〝ミニ図書館〟と呼んで前線に携えていた本のこと。本は地面に落ち、埃《ほこり》の中に消えてしまったのだろうか。アフマドと友人たちは何冊かの本を取り戻すことができたのだろうか、すべてを打ち消してしまうこの戦争の慎ましい形見として。墓地で最後のお別れを言えたのだろうか。厚紙の切れ端に彼の名を書いてあげられたのだろうか、そして祈りを捧げられたのだろうか。

「そういうことは何もできなかったんです、残念なことに……オマールと、一緒に亡くなった三人の遺体を取り戻すことはできなかった。政府軍の兵士が彼らを連れて行ってしまった。遺体を人質にしたんです」

では、政府はオマールを殺しただけでは飽き足らなかったのか、彼の若さを盗むだけでは足りなかったのか。最後の最後まで愚弄《ぐろう》したのだ。墓地で眠ることさえ許さずに。

翌日、わたしはまたアフマドと話した。彼の様子を聞き、ショックに耐えられていると知って安心したかったのだ。彼は昨夜眠らなかったようだ。友人たちと一晩通夜をしたのだという。アパートの部屋で、急ごしらえでオマールの追悼式をした。その後何時間もビデオを見て、彼があれほど愛した本のことを話し合った。その中の文章を読み直して悲しみを慰めた。

「彼は、僕らの革命を徹底的に信じていた男というイメージがある……。計画をいっぱい持っていた。政治家になっていたかもしれない。結婚して家族を作ることを夢見ていた。戦争が終わったらダマスカスの女の子と婚約する計画まであったんですよ。死ぬ少し前、フッサムと同じようにロシュド大学に登録していました。通信教育です。日ごろ死と隣り合っていた彼が、変わらずに生きようとしていた。ほんとうに模範的な人間だった」

アフマドは考えるように黙り込んだ。頭の中で思い出がぶつかりあっているのだろう。多すぎて、何を話していいのかわからずにいる。打ちのめされ、考えがまとめられないと謝った。それでも、通話を終わらせる前に、一言だけ言った。

「最近、打ち明けてくれたことがあるんです。革命は彼のエンジニアになる夢を断ち切ったけれど、思いがけない扉を開いてくれた。読書という扉と、ものを書くという扉だ、と。彼はいつかペンを取って若い世代に語りかけたいと思っていました。書くこと、よりよい明日のために書くこと。多様性を持つシリア。彼はそのユートピアを信じていたんです」

だが、その扉は閉ざされてしまった。そのペンは時が来る前に口を閉ざした。戦争によって折られてしまったのだ。

その日通話を切って、わたしは「谷間に眠る者」を思い出した。若い頃に知ったアルチュール・ランボーのソネットである。

緑のくぼみに小川が歌い
草むらに銀のぼろ切れを着せかける
堂々とした山から太陽が輝く
そこは光の泡立つ小さな谷

若い兵士が口を開け、帽子を脱ぎ
瑞々しいクレソンにうなじを浸《ひた》し、眠っている
草に横たわり、雲の下で

光降る緑のベッドで、青白い顔で

グラジオラスに両足を突っ込み、眠っている
病気の子どものように微笑んで、眠っている
自然よ、彼を暖めておくれ、彼は寒いのだから

芳香は彼の鼻孔《びこう》をふるわせない
太陽の中彼は眠る、手を胸に当てて、静かに
彼の右腹には赤い二つの穴がある。

ランボーの詩には時代を超越した力がある。このソネットを書いたとき彼は十六歳だった。一八七〇年、普仏戦争でフランスとプロイセンが戦っていたときだ。別の時代。別の戦争。別の悲劇。もしもランボーがこの詩を二十一世紀に書いていても、ほとんど変わりがないだろうとわたしは思う。この詩はダラヤの代わりに語っている。若い兵士が死ぬことへの怒り、心安らぐ自然の歌に包まれて、最後の安息

に赴く。

わたしはこのソネットをわたしの友人でシリア人通訳者のアスマーに読ませた。わたしたちは二人でこれをアラビア語に翻訳した。フランス語の韻《いん》を移そうと苦心しながら。そしてできたものをアフマドに送った。オマールに、シリアの谷に眠る兵士に捧げるために。

オマールの死を境にダラヤの住人の生き方は根本的に変わった。彼がいなくなって、みんな町の最後が近いと感じ始めた。新しい章が始まった、コーヒーの染みのように黒い章が。それでも、最悪のことはまだ起きていないなどとは誰も想像していなかった。八月四日木曜日、政府のヘリコプターが町に新たな毒を浴びせた。ナパームだ！　一日のうちに、十数発の火炎爆弾が住宅地の建物に落とされ、標的を大きな火の玉に変えた。火は破壊者である。通り道にあるすべてを焼き払う。壁、家具、木々、毎日のスープに入れるための木の葉……風景は灰になり、壊れた建物は煙となる。際限のない破壊の意思。計算され、熟考された上での焦土作戦だった。

千三百五十日の包囲で、町は樽爆弾、サリンガス、ロケット弾、大砲を見舞われてすでに何もなくなっていると思えるのに。千三百五十日の包囲で、すでに死者を弔《とむら》い、飢え、恐怖に怯えているというのに。千三百五十日の包囲で、ダラヤはしだいに廃墟の広い野原になってしまっているというのに。至るところ瓦礫《がれき》の山。オリーブの畑は乾き、生命のかけらは苦しみ、それなのにバッシャール・アル＝アサドは国際的なナパーム使用の禁止を無視して町を焼却炉にすることを決めた。ダラヤを屈服させ、ダラヤをシリアの地図から消し去るための大量破壊作戦だった。

アフマド、シャディ、フッサムとのやり取りはだんだん少なくなり、いつも同じ質問ばかりになった。その質問に彼らは顔文字で答えてくる。

「元気？」

「☹」

「がんばって！」

「☺」

時々、インターネットがつながるときにはまだいくつかの画像が届いた。かつてはあれほど豊かだった土地が戦車に荒らされている写真。炭になってしまったつぼみ。火で焦げたページのようにすすで黒くなった街路。

とにかく、書き続けることだ。外への通路を開けておかなくては。だが、フランスでも他の国でも、視線はダラヤからそらされている。国連は麻痺している。政治家たちは、治安問題に足を取られている。いたるところでイスラーム国の脅威が前面に出ている。中には、この疫病と闘うためにシリア政府と手を結ぼうという国もあるほどだ。シリアの穏健な反政府派の居場所は？　かわいそうに、目覚めたまえ、きみ、そんなものはずいぶん前からいなくなっているよ！　そんなふうにしているうちに、時の砂時計はバッシャール・アル＝アサドの有利なように流れ落ちる。アサドは邪魔されることなく望遠鏡をダラヤに釘付けにして、何をやっても罰を受けずに業火を燃え立たせている。『華氏451度』を思い出さないだろうか。消し去るために燃やす。非人間化するために燃やす……、八月十六日、夏の真っ盛りに、みんなが恐れていた悪夢が現実となった。

「病院にナパームが落とされた！」

この日ワッツアップに知らせてきたのはフッサムだった。ヘリコプターが町で最後の診療所に焼夷弾を落としたのだ。その攻撃で四人が負傷し、すぐに避難した。終わりの始まりなのか？　三日後、ナパームを詰め込んだ樽爆弾が四発、病院の入っている建物の残った部分に落とされた。今回は建物全体が火に包まれた。骨組みだけが残った。患者は緊急に危険のない場所に運ばれた。穴蔵の薄闇で、それぞれが看護師に、カウンセラーに、あるいはただの照明係になった。スマートフォンの明かりで傷口を照らす役だ。信じられないほどの連帯感が生まれていた。親たちは早朝の爆撃が始まる前に、代わるがわる子どもたちを外に出す。女性たちは涙をこらえて小声でわらべ歌を歌っている。モスクは何回も損傷を受けて、祈りは遠い場所で行われている。市民たちは生まれて初めて、前線で第四師団の戦車に向かって最後のダラヤ防衛を戦う自由シリア軍に合流した。

だが、明らかなことを理解しなくてはならない。町は壁に囲まれている。火あぶりの運命だ。

「何もかも足りない。食料、戦闘員、自衛のための弾薬」数日後フッサムが認めた。疲労と絶望に締め上げられて、ダラヤは苦しんでいる。包囲されて以来初めて、政府と密かな交渉が開始された。

「僕たちが優先するのは市民を救うことです。評議会と自由シリア軍は政府との合意という考えを受け入れました。退出計画は数日のうちにできます。でも、話し合いが難航しています。安心はできない……」

そして彼、フッサムはどうやってこの状態を耐えているのだろうか。

「ああ、僕は死ぬまでの日を数えていますよ」彼は神経質に笑って言った。

アフマドも運命論者になっていた。とくにオマールがいなくなってから。

「もう、昼だか夜だかわからなくなっている。おかしくなっていて、考えることもできない。ほとんどの時間地下にいます。メディアセンターの部屋に。どこを見ても死が見える、次は僕たちを連れて行くんです」

彼らはもう国連には何も期待していない。いつか町の廃墟から彼らの骨を拾いには来るかもしれないが。もしも焼き尽くされて灰になっていなければね、と彼は言った。またもやユーモアに助けられているが、それはどんどんブラックユーモアになっていく。「国連派遣団の人たちのために、ナパームの出す温室効果ガスが天気をおかしくしないといいんですけどね」と皮肉った。言葉は厳しく辛辣《しんらつ》だったが、彼らはしっかりと立ち、右から左に完璧に整列し、プラカードを捧げて自分のカメラに写っている。

「皮肉はある意味で僕たちの最後の砦なんですよ。絶望に苛《さいな》まれるとき、冗談を言って〝シェリ〟をするんです」とアフマドが言った。

「〝シェリ〟?」

「そう、この辺ではよく使われる言葉で、あらゆることを、何でもないことを話すという意味です。うわさ話とか無駄話と言ってもいい……安心できる正常さの印象というか……火花よけのマスクというか……」

〝シェリ〟……この言葉が唇に貼りついてとれなかった。なじみのあるこの感じ……〝シェリ〟……その夜通話を切るとき、ムスタファ・ハリフェを思い出した。〝アル＝カウカー。ラ・コキーユ《殻》〟、英語だと〝ザ・シェル〟わたしはどうしてもそこに〝シェリ〟との関連を見てしまった。防弾の言葉。この保護のための覆い、暴力に対する鎧。戦争が最後の言葉を燃やそうとしているときに生まれる饒舌《じょうぜつ》である。

二〇一六年八月二十七日、朝九時。覚悟していたメッセージが火薬の雲のようにスマートフォンの画面を黒くした。

「出発します☹」

アフマドが慌ててリュックを荷造りしながら夜明けに書いたメッセージだった。

それに先立つ数週間、アスマーとわたしは交替で、ダラヤの若者たちと最低限の接続を維持しようとしてきた。夜の闇に光る蛍のようにちょっとしたはかない言葉、わたしたちの慎ましやかな遠くからの支援を知らせるため。三日前、町は静寂の中に目覚めた。朝の六時頃、飛行機も機銃の音もしない。常とは違う、恐ろしい静けさ。大きな悲劇の前兆のようだった。すると、住人宛の最後通告を携えた政府の使いがやってきたという噂が流れた。住人は、生きたまま埋葬されたくなければできるだけ早くダラヤを離れなくてはならないというのだ。有力者と反政府軍はダラヤに残る権利を交渉しようとしたが無駄だった。戦闘員は武装解除すると言ってもだめだった。まだ反政府側が実効支配するダルアーへの移住も認められなかった。煩《わずら》わしい交渉の果てに、ダラヤは降伏する以外の選択肢がなくなった。彼らの町は降伏せざるを得ない。

「状況は絶望的だった。なんとしても市民を救わなくてはならなかった、最終的な犠牲を避けなくてはならなかった。もう食べるものも、身を防ぐものもなくなった。政府は畑をみな焼き払ってしまった。選択肢は限られていた。出て行くか死ぬかです」とアフマドはメールで語った。

八月二十六日、停戦が素早く履行された。市民を迎えにきた最初のバスが町の入り口に集結した。片手に使い古した布の袋を、もう片手に一人か二人の子どもの手を引いて、約七千五百人の男女が、蠟のような顔色で——中にはぼろぼろの服を着て穴から出た人もいた——廃墟となった町を最後に横切っていった。そして、政府軍兵士の復讐心に満ちた視線にさらされながらシリア赤新月社《せきしんげつしゃ》に警備された車両に乗り込み、数キロメートル南のシャドナヤまで送られた。歴史の皮肉なのか、強制退去が始まったのはダラヤの恐ろしい虐殺があった日から正確に四年目のことだった。

この八月二十七日、七百人ほどの最後の反アサド戦闘員が家族や中心的活動家とともに市民たちのあとに続いた。彼らの目的地はもっと遠い。シリア政府は彼らを三百キロ北にある反アサド派が支配する町イドリブに送ることを決めた。合計で三十台ほどのバスが彼らを乗せて、これも厳重に警備されて見知らぬ人々のもとに届けることになる。

彼らの出発はワッツアップでテキストと声を行ったり来たりしながらアフマドが中継し、そのやり取りの中でアフマドとシャディとフッサムは第二陣に加わることを決めたと説明してくれた。

「僕たちは市民の退出がトラブルなしに終わるのを確認したかったんです、安心して出発できるようにね。市民やとくに子どもたちが死んだりしたら、良心がとがめますから。子どもたちはここにいてくれと頼まれたわけじゃない。僕たちは自分で選んでダラヤに残りました。最後まで責任を取らなきゃ」

彼らの当事者意識は際限がない。この年月、彼らは地獄の待合室にいるかのように死を見つめてきた。腹の中に恐怖はあっても、彼らの責任感が失われることはなかった。

十一時になる。新たな生命の印がスマートフォンに現れた。今回はフッサムだ。

「終わりました、出発のために集まっています。混乱状態で、みんな疲れ果てています」

最終的な話し合いの後で、反政府の戦闘員たちは最後の瞬間に小火器を持って外に出る許可をもらった。ほとんどはカラシニコフだった。フッサムは安堵《あんど》した。

「あの武器は防御物なんです、心理的なものにすぎなくてもね。この先何が起きるかわからないでしょう？　僕たちを逮捕しようとするかもしれないし、処刑しようとするかもしれない」バスが止まっている場所からダマスカスのインターネットに密かにつなげて、彼はワッツアップで打ち明けた。

数分後、彼は現場からの写真を送ってきた。青白い顔、乾いた口、最後の生き残りがコンクリートの残骸の下にぎゅうぎゅうに集まっている。衣服は埃の層で汚れている。小さな鞄を足元に置いている。古い小麦粉の袋が鞄代わりになっている人もいる。

フッサムはリュックだけだ。しっかりと準備した荷物には必要なものだけを入れた。ズボン、Tシャツ、ノートパソコン。

「それにもちろんゼイナからもらった本二冊」フッサムは付け加えた。

ほかのものはすべて置いてきた。吸い殻の入ったままの灰皿、洗っていない皿、アパートの床に敷かれたマットレス。メディアセンターのすぐそばにあるそのアパートで、彼は最後の日々を友人たちと過ごした。彼は慌ただしく、生き残った者として最後の反射的な行動をとっていたのだ。

「手帳を破き、革命に関するすべての書類を焼いた。パンフレット、チラシ……残念ながら全部持ち出すことはできない。政府のやつらに僕たちがやってきたことの痕跡を残すなんて問題外だ」

バスの出発地点に集合する前、彼は墓地に立ち寄った。封鎖の四年間広がり続けた帯状の土地で、アフマド、シャディ、その他みんなと一緒になった。みんなで、二千人ほどの犠牲者に最後の別れの祈りを唱えた。友人、同僚、戦闘員、隣人、爆弾と戦争に命を奪われた人たちだった。

もう十七時になる。三時間以上待った後で、車はようやく出発の準備ができた。

「もうすぐ出発です！」とテキストが告げた。

バスの中で撮った写真を受け取った。自撮りは逆光でぼけている。それでも、バスの青いシートを背に並ぶやせこけた顔を見分けるには十分だった。苦難によって傷ついた顔、全員が疲れと暑さでしわだらけになったシャツを着ている。グループの真ん中で、フッサムがいつもの皮肉な笑顔を見せている。だが、これほど緊張した表情は初めてだ。

これが、バスが出発する前にダラヤから届いた最後の画像だった。

その後数時間は、沈黙とテキストが交互にやってきた。待っているこの時間はゴムのように伸び、もうなじみになってはいるがいつまでも慣れない。三百キロは長い。それに、検問所でちょくちょく止まるし、榴散弾《りゅうさんだん》でずたずたになった道や、交戦で予期しない中断があることを想像しなくてはならない。すぐ近くで警備されながらの三百キロ、そして、政府軍のヘリコプターの脅すような音の下での三百キロ。

突然、生命の兆候が目覚めた。予期しない電話。

「イドリブに着いた！」

知らせをよこしたのはフッサムだった。自分の町から切り離されて、だが、生きていることに安堵《あんど》していた。八月二十八日朝七時頃、疲れにもかかわらず、彼はすでに冗談を言う元気があった。

「何があったと思う？　今朝起こされたとき、すぐにグリルしたチキンを要求したよ。それほど夢に見ていたんです。でも友達は、今は朝食の時間だと答えた。四年も待っていたんだから、あと四時間ぐらい待てよと言われました」

彼の笑い声は伝染性があった。背後から楽しそうなこだまが聞こえた。ほかにも、車のクラクション、野菜売りの荷車の音、ジャガイモを売っている声が聞き取れた。本物の生活。そしてまた、武器の騒音に中断されずに話すのも初めてだった。

音の後には映像が続く。移動のあいだ、出発直前に袋に滑り込ませたメディアセンターのカメラを回す誘惑に抵抗できなかった。

わたしは送られたビデオのファイルを開いた。少しひびの入っているバスの窓の向こうに、カーキ色の制服を着た政府軍の兵士が見えた。脅すような視線、大理石のように硬くこわばった顔。道ばたのぼうぼう茂ったヤシの葉をこすり、長くのびて骨折した腕のような幹線道路をバスが進む。いたるところに石の堆積があり、家家はミルフィーユのようにぺちゃんこになっている。紛争の災禍を示すちょっとした見本のようだ。

それから検問所を通り抜けると唐突に風景が変わった。看板に書かれた文字を震えながら読んだ。〝メッゼ〟四年のあいだダラヤの抵抗勢力を追いつめようと攻撃してきた第四師団の兵士がいる悪名高い軍事基地だった。

政府の支配下にある道路は、完璧に舗装されていた。見渡す限り建物が並んで、バルコニーでは物見高い住人がバスの行列を黙って眺めていた。バスの車列は止まり、また発車する。外では、自動車が輝いている。華やかな店の看板には外国家電製品のロゴがあった。遠くに、復讐者バッシャール・アル＝アサドの肖像が鼻を突き出していた。

映像がいったん止まり、また動き出す。今度はバスの通行をまるでツール・ド・フランスのチャンピオンを迎えるように、拍手して出迎える見物人が映っていた。その対比は際立っていた。街路は幸福感に満たされ、勝利の〝V〟サインが駆け回っている。男たちは拍手し、女たちはユーユーと喜びの叫びをあげ、若者はようこそのプラカードを掲げている。どこを見ても顔が輝き、微笑みがはじけていた。

「イドリブです」とシャディが言った。

長い旅の終わりだ。困難な冒険の旅の終わりだ。

九月十二日、ダラヤの強制退去の二週間後、一つの映像が、殺された春の最後の切れ端を消し去った。公式のカメラが注意深く見守る中、亡霊の町の人けのない通りを自信たっぷりに歩くバッシャール・アル＝アサドの映像である。アサド五十一歳の誕生日の翌日、それはちょうどイスラームの犠牲祭（アブラハムが自分の息子を犠牲に捧げた日）にあたる。ダマスカスの独裁者は自分を特別な贈り物として捧げているのだろうか。一隊の政治顧問と軍の高官と宗教顧問を引き連れ、まず集団で祈りを捧げてから、感情を盛り上げる音楽を背景に亡霊の町の骨組みだけになった廃墟の前でポーズをとる。唇に笑みを浮かべ、明るいグレーのスーツを着て、開いたシャツの襟から首を突き出し、いつものメッセージを語り始めた。「我々は断固としてテロリストの手からシリアの土地をひとかけずつ取り返すのだ」それから同じく勇ましい口調で、「売国奴」「裏切り者」「外国の陰謀の犠牲者」と口にする。「我々は、彼らが革命のはじめに打ち立てたいと望んでいたまがいものの自由を立て直し、真の自由をここに回復するのだ」四年のあいだに彼の演説はみじんも変わっていない。話の糸は既製の同じ言葉で綴《つづ》られている――〝治安〟、〝再建〟、〝国家の権威〟。

　こうして〝ダラヤ〟の名は埋められた。ただ一人夜に向かい、町の死骸の上で、数百の犠牲者の上で、プロパガンダの長靴に踏みにじられて。復讐心に満ち、攻撃的で、配慮のない演説。バッシャール・アル＝アサドは勝ち誇った顔でダラヤへの集中爆撃をテロ対策の一つの手段だと語る。自衛の行為だと。強制退去はシリア領土の作り直しではなく、どうしても必要なことだったのだと主張する。シリアは昔の栄光を復活させるときだ。主権を再び見いだし、権威を確立すべきで、国民は当たり前の生活に返るときだ。生きるか死ぬかの問題だ。独立国家の名にかけて、国家の名を再び高めるのだ。そして悪名高い二つの選択肢――「わたしか、それとも混沌か」。

　ダラヤが新しい形容詞を投げつけられている一方で、征服された町から図書館についての最初のニュースが漏れ出てきた。アフマドの心配に反して、本は焼かれなかった。だが、おそらくそれよりも悪い。秘密の広場を見つけた政府軍の兵士は本を盗み出し、ダマスカスにある蚤の市の路上で安値で売った。文化の叩き売りだ。四年間守られてきたダラヤの文化遺産は数枚の小銭と引き換えにされたのだ。

「ダマスカスにいる友人から噂を聞いたんです。所有者の名前を見てすぐに気づいたそうです。僕たちが最初のページに書き込んだ名前ですよ」アフマドがイドリブの新しい住処から連絡してきた。

彼は荒らされたその地下施設の写真を送ってきた。その写真は政府の厳重な警備付きでダラヤに入ることができた数少ない記者の一人が撮ったものだ。その閉ざされた空間、完璧に並べられた棚、壁に沿って取り付けられた棚板をわたしは見た。本棚は半分ほど空になっていた。最後の本は戦闘の際に放り出され、薄闇の中で埃をかぶって打ち捨てられていた。家具から引きずり出された引き出しが床を覆い、散らばった他の本と入り交じっている。奥の方で戦闘服の兵士がばらまかれた紙を踏みつけている。彼はカメラから顔を背《そむ》けている。おそらく誰だかわからないようにするために。彼の場にそぐわない横顔で、ダラヤを知った最初の写真を思い出した。〝シリアの人たち〟の写真。そのときの平穏な気持ちとはなんという違いだろう。本の運び屋たちによってもたらされた希望とともに、よりよい世界という夢、おぼろげに描かれた将来が余白から漂っていた。

わたしはアフマドに問いかけた。

「じゃあ、これで終わりなの？」

彼の返答は即座だった。

「もちろん違うよ！　町を破壊することはできるかもしれない、でも考えを破壊することはできない」

彼は続けた。

「ダラヤでは、政府は革命の肯定的で知的な痕跡をすべて消そうと躍起になっている。アサドにとって、教養と教育のある人間は危険な人間なんです。だって、そういう人間は既成の秩序に疑問を持つから。でも僕は成長してこの悲劇から抜け出したように思う。これほど自分が自由だと感じたことはない。誰にも奪われない記憶を持っているからです」

アフマドは自分の考えに溺れかけたかのように大きく息を吸った。彼は終わりではない。まだ。五年前には本に不信感を抱いていた彼が、封鎖中にたくさんの本を読んで知った歴史的事実を例に挙げた。バグダッドの大図書館の破壊である。その事件はモンゴルによる侵入の時代にさかのぼる。そのとき、遥かな昔だが、医学や天文学を扱った大量の書物が新しい征服者に略奪され、ティグリス川に投げ込まれた。

「でも、インクを大量に飲んだ川の水は色が変わったといわれています」と彼は続けた。

たとえ破壊されても、本は川の流れに色を移し消えないインクで町の水を染めた。象徴的な比喩《ひゆ》だ。言葉による抵抗、たとえ忘却を運命づけられているとしても。

彼の話でわたしはもう一つの歴史を思い出した。もっと新しい時代のもので、今度はわたしが彼に語って聞かせた。ベルリンのベーベル広場の話。一九三三年五月十日のこと、その広場でヒトラーの政府はナチスの軍隊が押収した反体制派の数千冊の著作を一夜にして焼き払った。紙の犠牲者の中には、シュテファン・ツヴァイク、カール・マルクス、ベルトルト・ブレヒト、ジークムント・フロイトなどの秩序を覆すと判断された著作も含まれていた。その夜、宣伝相ゲッベルスは、新しい世界の創造について演説した。政府に敵対的な本は存在する権利がない世界だ。

一九九五年、ずっと後になってから、両親がドイツから亡命したイスラエル人の彫刻家ミハ・ウルマンがその広場に戻ってきた。彼は焚書を記憶にとどめるために地下に亡霊の図書館を掘った。ガラス板の下に広がる地下の空間は意図的に空っぽになっている。降りていくこともできず、中に入ることもできない。白い空の書棚が並ぶこの五十平方メートルの地下室を見るには、かがんで覗き込まなくてはならない。今日、このインスタレーションは〈沈められた図書館〉として知られている。

ダラヤもベルリンのようにいつの日か自身のベーベル広場を持つことになるのだろうか。明日、明後日、あるいは半世紀後に、この紙の洞窟についてどんな記憶が残されているだろう。反体制の町、以前はその甘い白ブドウで有名だった町は、噂に聞くとおりに、荒廃したたくさんの家が取り払われた後で軍事基地に変わってしまうのだろうか。四年の封鎖のあいだに、バッシャール・アル＝アサドは町を破壊することに執着した。畑を焼き払い、風景を見る影もなくし、彼らの最後の言葉を消し去った。だが、何がどうなろうと、このシリアの若いヒーローたちは語るべき不滅の物語を持っているとわたしは思う。爆弾による破壊を前にして、彼らはただ本を救っただけではない。言葉を集め、構文を築き、日夜言葉の力を、その不敗性を信じることをやめなかった。沈黙を破り、再び物語を書き始め、平和の言葉を建設した。彼らの書いたもの、彼らのスローガン、彼らの雑誌、彼らの落書き、彼らの文学的創造で、最後まで軍事的韻律《いんりつ》に逆らい、大砲のリズムとは異なった別のリズムを生み出した。戦争の醜さが言語によって乗り越えられた。後の世代のための、住所不定の記念碑が建てられたのである。

エピローグ

イスタンブール、二〇一七年八月二十六日

わたしはよく同じ夢を見る。甘く、同時に奇妙な夢だ。お話し会の時間、サマラと一緒にイスタンブールの敷石のしかれた小路を飛び跳ねるように歩いている。タクシム広場とわたしたちが通るのを見ているシミット売り。頭上ではカモメが夏に向かって飛んでいる。イスティクラル通りにあるフランス文化センターの正門はあれ以来閉ざされたままだ。建物に入るには隣の通りにある警備員詰め所を通らなくてはならない。庭の奥にある視聴覚施設への入り口は変わっていない。本が置いてある部屋に下りる階段の手すりに誰かが曼荼羅《まんだら》を貼り付け、そこには〝ＨＯＰＥ〟と書かれている。

階段の下ではジュリーがわたしたちを待っていて、唇に人差し指をあてている。

「どっきり！」と彼女は叫ぶ。わたしたちは入る。子どもたち用の椅子の正面に大人が三人並んでいる。わたしはすぐにアフマド、シャディ、フッサムだとわかる。「僕たちは、秘密の図書館の素晴らしいお話をしにきました」すると小さな聴衆はすぐに心を奪われる。話の終わりに、小さな聴衆は白いページばかりの本をプレゼントにもらう。めいめいがダラヤのお話を聞いて思ったことを書いたり絵を描いたりできる。

夢の中で、シリアの通信相手たちの顔はすごくくっきりしていた。ここ数年で数えきれないほどの会話をしたが、肌のきめや目鼻立ちの繊細さや、瞳の色などをこれほどはっきりと見たことはなかった。細かいことがすべてあった。声、仕草、表情。

それはわたしの夢が爆撃の合間に素早く交わした昔のやり取りから生まれたものではなく、現実の延長となっているからだろう。トルコ領内での思いがけない再会から生まれた夢だからだ。その最近の出会いが固い友情の土台となった。

ダラヤからの慌ただしい出発から一年が経った。彼らにとっては、経験したことの不条理さから距離を置くようにつとめた一年、生きることを正面から見つめ、世界をスマートフォンの画面以外から見ようとする一年、また、旅をした一年でもあった。彼らは一人また一人と、ゆっくりと殻を破り、シリア国境を越える道を進む者もいた。

シャディは真っ先に国境を越えた。二〇一六年十月、トルコ南東部にあるハタイ県のレイハンルに着いた。トルコ政府は二百五十万人を超えるシリア人難民を受け入れていて、彼に手の手術を受けに来るための通行証を発行した。最初の診察の後で、難民の受け入れ場所となっている小さな村のカフェで会うことになった。着いてすぐにシャディがわかった。左腕に包帯をしている。革のジャンパーを着て軽く整髪料のついた短い髪をしていた。昨日別れたばかりという印象を持っていたのに、〝実際に〟会うのは不思議な感じがした。アレッポ出身のウェイターが小さなテーブルに案内し、お茶のコップを二つ置いた。彼はなんともない方の右手で肩掛け鞄のフラップを開けた。ダラヤから持ち出せた数少ない品物の一つだ。彼はそこからあるものを取り出してテーブルに置いた。彼のカメラだ。彼の命を救ったカメラだ。わたしは焼けこげたカメラを生存者を見つめるように見つめた。彼はゆっくりした動作で、まだ本体についていた埃《ほこり》を拭った。

「どう、元気？」

彼はわたしの質問を聞いていなかったかのように話し始めた。

「ダラヤは象徴だった。このカメラはその証人です。残念なことに、世界中が僕たちを見放した……」

カフェのテーブルでも、彼はまだ自分の町の苦しみを抱え、顔がやつれていた。わたしはバッシャール・アル＝アサドの動画を見たかと尋ねた。

「とんでもない見せ物でしたね！」と彼は叫んだ。

彼はまた鞄を覗き込んだ。四年の包囲から救い出された写真とビデオの詰まったハードディスクが入っていた。

「この画像だけなんです、ダラヤのことで記憶しておきたいのは。一体となったグループ、未来を作るんだという共通の願い、新しい考えを守ろうとする気持ち、僕たちは一体となっていた。連帯と仲間意識。他の町のモデルにもなれたはずの独特な体験だった。ダラヤ、それは単なる場所ではなく、精神なんです」

シャディは思い出の中に迷い込んだ。視線は郷愁に染まっている。彼はダラヤのことを一つの冒険のように語った。もう一度やれと言われたら一瞬もためらわないだろうと彼は言った。

「今、バッシャール・アル＝アサドは僕たちのことを敗者にしようとしている。僕は、あんな無慈悲な封鎖を四年も持ちこたえたことだけですでに大きな勝利だと思っています」

わたしたちの後ろで、カフェの扉が開き、客が一人入ってきた。カフェはパティスリにもなっている。女性客は腕にプレゼントの包みを抱え、娘の誕生日に『雪の女王』のケーキがいいか、『シンデレラ』がいいか大きな声を出して迷っていた。

シャディは微笑んだ。

「いちばん難しいのは、その後なんだよね。普通に暮らすことをもう一度学ばなくてはならない。震えずに飛行機を見ること、静かな中で眠りにつくこと。突然すべてが永遠に続く変化しないものになる。何もかも変わりました。時間の概念、空間の概念が。秩序だった生活、恐怖も脅威もない。めんくらうような単純さ」

数週間後、わたしは近況を聞くためにシャディに電話した。手術はうまくいった。指は動き始めて、医者がリハビリの処方を書いてくれた。リハビリ期間を過ごすために彼は一時的にイスタンブールに越してきた。イスタンブールには数年前に避難してきた両親がいる。母親は彼に魚をたくさん食べさせ、父親は彼がシリアに戻るのを思いとどまらせた。シャディは自分の居場所はシリアにあると思っていたのだ。今のところ、彼はトルコ語の授業をとり、学問に戻るつもりでいる。月に一度、カフェで顔を合わせ、ダラヤの思い出に〝シェリ〟をしている。

わたしはようやく教授と知り合いになった。ダラヤ封鎖のあいだに何度もバーチャルな会話がうまくいかなかったあげく、二〇一七年の一月にイスタンブールで会うことになった。彼はしばらく休んで元気を取り戻すためにトルコに来た。タクシム広場のレストランですわっていたムハマド・シハデはまさに想像したとおりの人物だった。穏やかで落ち着きがあり、時間と言葉を惜しまなかった。彼は、ダラヤの市民運動について、九〇年代にさかのぼる彼が推進役の一人だったその独特な経験について、好きな本について、マフムード・ダルウィーシュの詩について、彼が好きな自己啓発本について、三時間のあいだ話してくれた。話を聞いていて、彼がダラヤの若者たちに及ぼした好ましい影響力をさらによく理解できた。わたしが、若者たちにとって彼がどれほど助けになったかと話すと、彼は顔を赤くした。

「ああ、わたしにたくさん教えてくれたのは彼らの方ですよ。わたしは至ってまじめな人間なんです。彼らはもっとずっと面白い。一緒にいると煩《わずら》わしいことを忘れました」

だが封鎖による心の傷は、今はほかの心配事に押しのけられている。矛盾するようだが、乗り越えるのがもっと難しい。それは、将来をどう考えればいいか、シリアを引き裂いている分断をどう理解すればいいのか、二〇一一年の革命に加わった人たちが運命に見放されていくようなときに悲観主義に陥らないようにするにはどうすればいいのか。

「封鎖は困難ではありましたが、わたしたちは、未来はもっとよくなるという希望を持って生きていました。そこに突然、不安でいっぱいの新しい現実がのしかかってきたのです」

それから、教授は忘れられない一言を言った。

「封鎖は逆にわたしたちを過激化への誘惑から守ってくれていました。ダラヤの精神を生かし続けてくれたのです。四年のあいだ、わたしたちにはわたしたちしかいなかった。常に容易なわけではありませんでしたが、わたしたちは諍《いさか》いをいつも対話で解決しました。外からの侵入はなかったのです。操ろうとする試みもなく、外国の干渉もなかった。特殊な経験です」

これはシリアの他の地域の場合とは大きく違っていた。他の地域では、外国や地域の権力者が自分たちの派閥、利益、わずかな土地を守ろうとしていた。同盟関係や、さまざまな地理的状況しだいでグループが作られ、崩され、変形し、過激化した。今日、シリアは分割の瀬戸際にある。イスラーム国が支配地域を失いつつある一方で、少数民族のクルドが自分たちの住む地域を聖域化しようとし、バッシャール・アル＝アサドは同盟するロシアやイランの支援を得て穏健な反政府派の拠点をひとつひとつ奪還しようとしている。ダラヤの次は東アレッポ、次いでアル＝ワー、さらにバルゼ。数千の市民と降伏した自由シリア軍の戦闘員が避難したイドリブ地域は反アサドの最後の拠点となったが、現在ではジハード主義のアル＝ヌスラ戦線が覇権を広げつつある。

国の将来にのしかかる不安にもかかわらず、教授は二〇一七年春にシリア北部に帰っていった。五月、いいニュースが彼の帰国を祝った。二〇一六年はじめにダラヤの最後の出口が封鎖されて以来ダマスカスに避難していた彼の妻と子どもたちが、イドリブで彼と合流したのだ。そして、封鎖中に生まれた末の子どもを初めて抱くことができた。

フッサムは彼の楽観主義を崩さず元気でやっている。二〇一六年末、密入国請負人の助けを借りて国境を越え、トルコ南部のガジアンテプに落ち着いた。着いたとたん、彼は仮名を捨ててもともとの名前、ジハードを名乗った。レバノンではこれはよくある名前で、特定の宗教への帰属を示すものではない。二〇一七年一月、彼はイスタンブールでわたしに連絡してきた。その前の日にゼイナとその家族を訪問するためにやってきたのだ。ジハードはイスティクラルの小さなホテルに泊まっていた。イスティクラルはフランス文化センターのある歩行者専用の有名な通りである。前年に自爆攻撃があった場所から数メートルのカフェで会った。そのことは何も言わなかった。彼の熱狂に水を差したくなかったからだ。ジハードはすべてのものにうっとりしていた。完璧に並んだ記念建造物、公共交通機関の質の高さ、完璧に機能する電化製品。一日のうちに、彼はすでに町の要所を見つけ出していた。〈イータリー〉という店でピザを食べ、古本屋を回って十数冊の本に持ち金を使い果たした。買った本の中にはジェーン・オースティンの『高慢と偏見』があった。十九世紀はじめのイギリスの結婚制度を描いた本である。封鎖中に生じた読書への新しい情熱のおかげで、最近改修が終わったバヤジットの歴史図書館にまで行った。ページズ書店のドアを押す時間まで見つけていた。この書店はイスタンブールのファティフ地区の中の〝リトル・ダマスカス〟にあって、シリアの若い知識人や芸術家が集まる中心地となっている。イスティクラルのカフェで濃いエスプレッソを二杯飲んだ後、ジハードは立ち上がった。厄介な行政手続きを片付けなければならないのだという。わたしもついていった。手品のように約束を取り付け、コートの下に紙幣を滑り込ませる様子に、ダラヤの向こう見ずな世渡り上手、〝フッサム〟の面影《おもかげ》を見た。数時間後、彼のヴィザは延長され、滞在許可も添えられていた。それからタクシーを拾ってイスタンブールの高級な地域にあるシリア領事館に行った。そこでパスポートを更新しなくてはならないのだ。ジハードは心配そうだった。政府のブラックリストに載せられているのではないかという不安につきまとわれていたのだ。ダマスカスに住んでいる従兄弟《いとこ》が法務省の職員の耳にささやくためにある官僚の名前を教えてくれていた。玄関を入ったとたんに、ジハードは熱烈に肩を抱かれ新しい書類はひと月以内にできるという約束で迎えられた。〝ワスタ〟——東洋式のコネの効果は最悪の敵の中にあっても健在だった。

「あれだけの経験をした後は、もう何も驚くことはないし怖いこともない」と領事館を出ながらジハードは冗談を言った。

彼はその晩のうちに夜行バスに乗ってガジアンテプに戻った。翌日から、あるNGOで働くための試験があるからだ。彼の打たれ強さは報いられた。旅の疲れにもかかわらず、また膨大な技術情報をわずかな時間で詰め込まなくてはならなかったにもかかわらず、テストはうまくいった。彼の新しい人生が始まる。だが、ゼイナと一緒ではない。数週間後、ジハードは密かに婚約を破棄した。おそらく、家族を作る前に自分を作り直したいと思ったのだろう。世界一意志が強い人間であったとしても、四年間の封鎖の経験を数カ月で消化することはできない。

オマール、またの名をイブン・ハルドゥーンの思い出は今も生きている。思考の中に、会話の中に、仲間たちが大事に持っているビデオや写真の中に。町からの退去の翌日、二〇一六年八月の末、交渉委員会は自由シリア軍と第四師団の遺体交換の枠組みで、とうとう彼の遺体を取り戻した。オマールはようやくダラヤの犠牲者墓地の自分の墓に埋葬された。土埃に開けた穴、石碑に刻まれた名前、そして、追悼の言葉代わりの数本の花。彼がそのために戦った土地、ダマスカス近郊の反乱の拠点に、シリアの谷に眠る者は、永遠の眠りについた。彼は太陽の光の中、胸に手を置いて、安らかに、足をグラジオラスの中に投げ出して。身体は廃墟の屍衣に包まれて。

一緒に図書館長をしていたアブー・エル＝エズと、仲間内の〝財布〟アブー・マレクとアフマドは心ならずも自宅となったイドリブにとどまることを選んだ。一緒に封鎖されていた仲間とともに、トルコとの国境地帯にある村の小さな家で暮らすことになった。彼はたくさん本を読み、避難してきた住民に手を貸し、『アメリ』の音楽を繰り返し聞きながらオリーブ畑を散歩し、元気を取り戻そうとしている。とはいっても、そこは隠れ家とはとうてい言えない。二〇一六年末、無限に繰り返される悪夢のように、東アレッポの反政府拠点が降伏する瞬間を追体験した。同じ爆弾の雨を降らされた後で、夢破れ、怯えた目つきで退去してくる数千人の人々を見たのだ。二〇一七年四月の、イドリブ県ハーン・シェイフンへの化学兵器攻撃も同じくダラヤの傷を再び開けた。

「ニュースを聞いて震え上がりました。誰かが『リプレイ』ボタンを押したみたいだ。二〇一三年に僕たちの身に起きたことを実況中継でもう一度体験しているみたいだった」とアフマドは言った。

数日後、アメリカの新しい大統領ドナルド・トランプがシリア政府に報復攻撃した。それ以来、アスタナでの和平協議が再開し、ロシア・シリア同盟軍による空爆は終わった。二〇一七年五月に調印された合意は、まだ曖昧な部分はあるが、ロシア、イラン、トルコ三国が、イドリブを新しく設定された四つの〝緊張緩和地帯〟の一つとしてアサド派と反アサド派のあいだに持続的な休戦状態を設けることを請け合った。

この休戦合意のようなものによる安堵《あんど》の後に、不確実な明日への苦悩が続いた。最初はヒーローとして迎えられたダラヤの活動家たちは、高揚した気分が醒め始めた。

「僕たちは第三の道を実現するつもりだった。政府とも、イスラーム国とも違う道を示したかった」

だが、北西部では雰囲気が違い、状況はもっと複雑だった。

「ダラヤでは、活動家と戦闘員のあいだに話し合いがありました。ここでは、軍事派が市民社会の活動をすべて支配しようとしている」

穏健な反政府軍がまだ存在するとしても、もとアル＝ヌスラ戦線のジハード主義者のようなより過激なグループがしだいに自分たちのやり方を押し付けてくる。反対派の旗をむしり取って、宗教的な落書きを押し付け、デモを弾圧し、ラジオ放送の女性の声を禁止する。二〇一七年七月半ばには、イドリブ地方の三十の自治体を支配下に置いた。

この圧力はアフマドをさらに宗教から遠ざけるだけだった。彼は小さなひげを剃り、シリア女性にベールを義務づけることに反対し、過激派の偽善を非難した。

「あの連中はイスラームを代表してはいない。以前、アル＝ヌスラに近い男の子がノートパソコンの修理を手伝ってくれと頼んできました。画面いっぱいにイスラームの信仰告白が表示されていたけれど、フォルダにはポルノ映画がいっぱいだった……」

実際、イドリブ地方はまったくの〝しっちゃかめっちゃか〟だと彼は認めた。もはや明確な目的はなく、目標も限定されていない。十いくつの派閥が激しい競争を始める一方で、アル＝ヌスラ戦線が地方での支配を固めている。政府が最後の殲滅《せんめつ》作戦にやってくるのではないかという恐怖も広がっている。この反政府軍の最後の拠点が反乱に対する最終的な戦闘の舞台になるのではないかという恐怖である。

それでもアフマドは希望を持ち続けたいという。シリア国民の長い夜の後には再生の日が来ると思っている。どんな形で？　彼は知らない。それまでのあいだ、彼はいろんな計画で手一杯だ。読書への情熱に忠実に、イドリブの子どもと女性のための巡回図書館を始めたばかりだ。そして、疑念と不安の夜には、ダラヤでの経験を思い返す。

数日前、アフマドはスマートフォンのフォルダから一つの動画を掘り出した。二〇一六年八月二十七日、包囲された町を出る二時間前、彼は一人で荒れ果てた工事現場のようになった〝たくさんの家〟に沿って、撮影しながら廃墟の町を通った。その映像は図書館の傷ついた正面入り口で終わった。

「ダラヤのことを考えるとき、僕の記憶に刻まれているのはその映像だ。頭の中でその映像は白黒になって、『包囲』を朗読するマフムード・ダルウィーシュのリズムで流れていく」

変わらないイメージ、この信じがたい紙の夢の最後の思い出。

ダラヤからの強制退去の一年後に
イドリブでアフマドが始めた巡回図書館

謝辞

わたしは約束を半分しか果たすことができなかった。この本はとうとう出版されたが、望んだようにダラヤの図書館の棚に並ぶことはなかった。ダラヤは政府に奪還されてしまったから。

この本はアフマド、シャディ、ジハード——別名〝フッサム〟、アブー・マレク、そして、彼らと封鎖をともにした仲間たちのものである。この本は彼らの平和主義的な参加、彼らが最後まで守ろうとした生とデモクラシーへの永続的な願望の痕跡である。

わたしは彼らの信頼と、戦争の合間にも決して証言をやめようとはしなかった心の広さに限りない感謝を捧げたい。

同じく、ムハマド・シハデ、かけがえのない教授に、イスタンブールに立ち寄った際に長時間にわたって会話に付き合ってくれた寛容さに衷心からの感謝を申し述べたい。その会話のおかげでいくつかの事実を明確にし、ダラヤの特異性をよりよく理解することができた。

この本を書いている過程で、若いシリア人女性通訳者二人、サラ・ダドゥーシュとアスマー・アル・オマールの専門性と熱意に大いに助けられた。常に忍耐強く耳を傾け、深夜であれ早朝であれ、注意深くきわめて正確にダラヤからのメッセージを伝えてくれた。愛国心と報道への情熱は彼女たちを並外れた報道記者にするだろう。

〝見えないものをどうやれば見えるようにできるか〟という永遠の疑問に取り憑かれ、このテキストの形式に迷っているときに、小説家ルイザ・エッケニケの励ましがなければ、ダラヤの物語が今の形をとることはなかっただろう。大きな感謝の気持ちを捧げたいと思う。

常にわたしの作品を最初に読んでくれる友人の映画監督カティア・ジャルジューラは、一度ならず批判的、客観的な視線をもたらしてくれた。そのことにこの上なく感謝する。

同じくハラ・ムーガニーには、とりわけ校閲でお世話になった。時間をかけた慎重な意見は貴重な助けとなった。

また、友人の研究者キャロル・アンドレ＝デソルヌの助言と親切な支援に心から感謝する。

最後に、この本はあまりにも早くこの世を後にした若い戦闘員にして読書家オマールと、彼の殺された夢への特別な思いとともに終わる。彼の家族と友人たちが自由の追求を続けるのに必要な力を見つけるために、彼の思い出が助けとなるよう祈っている。

訳者あとがき

シリア難民が百万の単位であふれ出たとき、わたしが会員になっているアムネスティ・インターナショナルは難民受け入れの世界的キャンペーンを始めた。シリア難民は日本にも来ている。いったいどんな状況でこれほどたくさんの人が故郷を捨てることになったのだろうと関心を持ってニュースを見たりしたが、これがよくわからない。他の国のいろんな内戦では、政府軍と反政府軍、あるいは反政府ゲリラが戦って、一般人が巻き込まれて被害を受け逃げ出すというパターンが多かった。宗教的な争い、民族的な争い、土地を手に入れるための争いで、誰と誰が戦っているかなど、ある程度説明はつけられた。

だが、シリアではイスラーム国が入って三《み》つ巴《どもえ》になっているという。さらに、ニュースなどで見る悲惨な映像は、政府軍の攻撃で一般市民が被害にあっているものだし、政府は反政府派をイスラーム原理主義のテロリストと呼んでいる。あの血だらけで抱えられている子どもがテロリストだというのか。そしてロシアとトルコはどういう理由で誰の味方をして誰を攻撃しているのか。

中東は遠い。地理的にも、意識の上でも。私の中で、シリアの人々はいつまでも顔がないままだった。そんなとき、シリアの封鎖された町で瓦礫《がれき》の下から掘り出した本で図書館を作った人たちのことを書いた本があるから読んでみませんかという話をいただいた。あの悲惨な爆撃の下で本を読んでいる人たちがいる、しかも瓦礫から掘り出してまで。本の好きな人なら誰しも共感以上の感情を抱くに違いない。

また、この本の中ではそのダラヤという町の若者たちの目から見たシリア内戦が語られる。街頭デモで叫んだときの思い、何を求めてデモをしたのか、アサド大統領に対する考え、イスラーム国やジハード主義者に対する感情、国際社会への期待、また銃を取った者は数少ないが、どんな気持ちで初めて銃を手にすることになったのかなど。ダラヤの若者たちは、多面的なシリア内乱のたった一つの面にすぎないのかもしれないが、本書を読んでようやくシリアの人たちの人間的な姿が見えてきたように思う。国際情勢だの国と国の思惑だのしか見えていないと、難民を受け入れようという呼びかけはなかなか届かないかもしれない。

この本の原題は *Les Passeurs de livres de Daraya, Une Bibliothèque secrète en Syrie*「ダラヤの本の運び屋たち——シリアの秘密図書館」である。著者のデルフィーヌ・ミヌーイはフィガロ紙に中東のレポートを送っているジャーナリストだ。ミヌーイはある日フェイスブックでダラヤの図書館と題した写真を見て興味を抱き、投稿者を見つけ、スカイプで話をするようになる。二〇一六年八月にダラヤが降伏するまでのほぼ一年にわたって、スカイプでのやり取りを通して、包囲と爆撃のもとで図書館を運営する若者たちの戦いを記録する。

ダラヤはシリアの首都ダマスカス近郊の町である。二〇一一年、チュニジアとエジプトで政権の崩壊に至った民衆のうねり、いわゆるアラブの春に影響されてシリアでも民主化を求める人々が街頭に出た。シリア政府の反応は苛烈《かれつ》だった。大統領を批判する落書きに対しては拷問で応え、平和的なデモ隊には実弾が浴びせられ、逮捕者が出た。逮捕者は凄惨《せいさん》な暴力の痕をとどめる遺体となって返された。それでもデモを続ける市民に手を焼いた政府は、町全体を牢獄に閉じ込めることにした。ダラヤは封鎖された。シリアでは、同じように封鎖された町が十七あった。そのうちイスラーム国に封鎖された町は二つ、残りすべてを封鎖していたのは政府軍だったという。

バッシャール・アル＝アサドが政権についたとき、彼は民主的な社会制度の方向性を打ち出し、体制内の腐敗一掃と改革を推し進め、二〇〇〇年から二〇〇一年にかけて国内の民主派の期待を集めた。この時期が本文中にも出てくる〝ダマスカスの春〟である。しかし、イラク戦争のあたりから変質したようだ。一部の権力層が利権を回し合っている社会を変えようとしたそうだが、そもそも彼の父親は元大統領である。権力を世襲していく社会が民主的になるはずもなかろうと、日本の現状を省《かえり》みながら思う。権力に都合の悪い本は発禁にされ、アサド父子の偉業を書いた本ばかりでは、本書に出てくる本を救った若者たちが革命の前には読書家ではなかったと言っているのもわかる。そもそも、ダラヤには図書館がなかったのだ。

シリア各地で民主化を求めてデモをして政府と対立状態になった町がいくつもあり、そこでは反体制派の暫定政権として全国評議会ができ、武器を取った人たちは自由シリア軍を名乗った。ダラヤの評議会と自由シリア軍はそれに倣った地方評議会であり、地方部隊の位置付けになるのだろうが、ダラヤには他の町とは違うところがあった。ダラヤには九〇年代から続く平和主義市民運動の伝統があり、シビリアンコントロールを貫いていた。また、自由シリア軍も地元の若者がほとんどで、イラクやアフガニスタンで戦ってきたいわゆる〝イスラームの戦士〟は入り込んでいなかった。

封鎖されたダラヤには四年間で約六千発の樽爆弾が投下されたという。樽爆弾というのは、国際社会からの制裁で武器を買えなくなったシリア軍が採用した粗製兵器で、ドラム缶のような円筒形の容器に爆薬（TNTやANFO）と金属片などを詰めてヘリコプターから投下するものだ。命中精度が悪く軍事拠点を狙ってピンポイント爆撃などできるものではない。樽爆弾とは住宅地での無差別な殺戮《さつりく》を目的とした非人道的な兵器だといえる。中に詰められた金属片は爆風の範囲を超えて飛散し、被害を拡大する。この本の最後のあたりでは、中にナパームが詰められ、火炎爆弾として使われている。多い日には一日に八十発も降ってくるこの爆弾のせいで、住民は地下で暮らすようになる。家ばかりではなく農地も破壊され、封鎖の中で住民は飢えた。国際社会からの人道支援を待ち望む住民と、届いた支援物資の分配を妨げようと降ってくる樽爆弾。

この本で語られる若者たちの戦いの中で、政府軍との戦いは一部でしかない。瓦礫から掘り出した本で図書館を作り、彼らは勉強し始めた。自分たちも民主化を要求するんだと、思ったことを口に出せる自由に震えたあとで、飢餓と死に取り囲まれて出口のない状態に追い込まれた。彼らが、自分たちには準備が足りなかったと自覚する部分が印象深い。検閲のある政権下で読書になじみのなかった若者たちは、宗教、政治、歴史、哲学、文学に触れて成長していく。自由とデモクラシーを求める当初の気持ちを維持し続け、ジハード主義者やイスラーム国からの暴力への誘いを撥《は》ねつけるために彼らは戦い、図書館はその砦となった。

本は成長の糧《かて》となっただけではない。恐怖の日常の中で正気を維持するための助けとなり、肉親の死、友人の死、残虐さを見続けて感情が擦り切れた人々が人間らしさを取り戻すための癒しとなった。本を読むと「ここではない別の場所に行くことができる」という。現実逃避と言われても、つらい現実を忘れ優しさを取り戻せるなら、つらい現実に立ち向かう元気を取り戻せるなら、いいことではないか。図書館では映画の上映会もあり、大学のような授業もあり、ワークショップもあり、スカイプを通しての講演会もあった。ときにはゲームもダンスもした。

この本はルポルタージュではあるが著者は現場に足を運んではいない。封鎖された町には誰も近づけないからだ。だが、外部に開かれた窓が一つだけ残っていた。インターネットである。スカイプとメッセンジャーアプリのワッツアップを利用して、インタビューをして、送ってもらった写真や動画を見る。著者はネットの窓を通して若者たちに寄り添う。あいだを隔てる距離と自分の無力さにもどかしい思いをしながらも、すべてを伝えたいとこの本を書いてくれた著者に感謝したい。私は、最初にいろいろ調べたときにダラヤが降伏したことを知ってしまったので、革命の夢破れた若者たちの末路を目にしている世代としては、あまりに過酷な状況にアフマドたちが暴走しないかと心配でならなかった。しかし、彼らには瓦礫から救い出した本とインターネットがあった。外の世界に開かれていること、知性を投げ捨てないことの重要性を感じさせられる。読書と教育、自由とデモクラシーへの信頼を失わないまま試練を乗り越えたアフマドが、避難先で巡回図書館を始めたことを知って胸が熱くなった。

二〇一七年の末、イスラーム国のシリア内首都とされていたラッカは解放されたが、イスラーム国、政府、反政府派、クルド人支配地域は地図上でいまだに色分けされ、ロシアとアメリカ、さらにはトルコの思惑がすれ違い、解決の道筋は見えていない。ダマスカスは一見平穏になったようだが、インタビューされる人々は政府への批判と受け取られるのを恐れて自由にものが言えない状態らしい。民主化を求める穏健なグループは脇に追いやられ、存在が忘れられた状態である。しかし、本書に出てくる若者たちは希望を失ってはいない。

この本に書かれたことは、シリア内乱の一面にすぎない。だから、これを読んでシリア内乱が理解できたとはとうてい言えない。だが、絶望の町で本を救い、本に救われた人々がいることは確かだ。

文庫版訳者あとがき

この本は二〇一八年に刊行された『シリアの秘密図書館――瓦礫《がれき》から取り出した本で図書館を作った人々』を文庫化にあたって改題したものである。

舞台となっているダラヤはシリアの首都ダマスカス近郊にあり、四年にわたってシリア政府軍に包囲され、出口のない状態で連日爆撃を受けていた。フランスの日刊紙『フィガロ』の中東特派員であった著者は、ある日フェイスブックで一枚の写真を見た。爆撃下のダラヤで本を読んでいる若者の写真だった。著者ミヌーイはインターネットを通じて写真の撮影者にインタビューする。写真の場所はダラヤの秘密図書館、並んでいる本は若者たちが瓦礫から掘り出してきたものだった。樽爆弾が空から落ち、家族や友人や仕事、それまでの生活を失った状況の中で、彼らは本を読む。それだけではない。上映会やワークショップも開かれた。本と図書館は文化の砦となり、恐怖の日常の中で正気を維持するよりどころとなった。彼らはユーモアを忘れず、理想と希望を持ち続けたまま困難を乗り越えた。

この本が刊行されてから三年以上が経ち、その間に世界ではさまざまなことが起きた。アフマドたちがダラヤから追い出された後もシリア内戦は続いていて、難民キャンプには国内避難民があふれている。香港では民主化運動がおきて過酷な弾圧が行われ、デモの主導者は刑務所に入れられた。ミャンマーにおける軍事クーデタと民主化を求める運動、軍隊による虐殺。アフガニスタンのターリバーンの復権。外から見ているわたしたちには大きな対立構造しか見えないし、関心を持って調べるのでもなければ何と何が対立しているのかもよくわからないままだ。しかし、ダラヤの若者たちのように、そこで生きている人々には一人ひとりの人生があり希望がある。

そうした一人ひとりが難民となって世界のあちこちに散っていった。トルコは三百五十万人のシリア難民を受け入れている。日本にも来ている。一人のシリア難民の話を聞いた。アフマドと同じように内戦が始まる前までは大学生だったという。故郷が壊され、肉親や友人を亡くし、とどまっていれば自分の生命さえ危うい。そうして逃れてきた日本で、難民として受け入れられる可能性は低い。なんと言っても日本の難民受け入れ数は一年で四十人程なのだ。難民条約加盟国なのに。国が難民受け入れの方針を変え、すべての難民が一人の人間として尊厳のある扱いを受けられることを願う。

ダラヤで本を救った若者たちは、内戦の前にはほとんど本を読まなかったのだという。支配者を礼賛する本しか手に入らなかったし、そもそもダラヤには図書館がなかったのだ。いま香港で、ミャンマーで、アフガニスタンで、人々は自由に本を読めるのだろうか。アフマドたちのようにデモクラシーについて勉強できるのだろうか。未来への希望を持ち続ける手段はあるのだろうか。アフマドたちが瓦礫から本を掘り出したように、わたしは弾圧や空爆の下にある一人ひとりの人生を掘り出したいと思う。

［写真クレジット］

口絵：1 枚目から 3 枚目 ©Ahmad Moudjahed

4 枚目 ©Malek Ref

p210, p211：©Mohammad Al Emam

本書は二〇一八年に小社から刊行された『シリアの秘密図書館――瓦礫《がれき》から取り出した本で図書館を作った人々』の改題文庫化です。

創元ライブラリ

戦場の希望の図書館
瓦《が》礫《れき》から取り出した本で図書館を作った人々

二〇二一年十一月十二日 初版
二〇二四年五月三十一日 再版

著者◆デルフィーヌ・ミヌーイ
訳者◆藤田真利子

発行所◆㈱東京創元社
代表者 渋谷健太郎
郵便番号 一六二―〇八一四
東京都新宿区新小川町一ノ五
電話 〇三・三二六八・八二三一 営業部
〇三・三二六八・八二〇四 編集部
印刷・萩原印刷 製本・本間製本

ISBN978-4-488-07085-4 C0122

乱丁・落丁本は，ご面倒ですが，小社までご送付ください。
送料小社負担にてお取替えいたします。
Printed in Japan

歴史はホテルで作られる……。

THE HOTEL ON PLACE VENDOME◆Tilar J. Mazzeo

歴史の証人 ホテル・リッツ

生と死、そして裏切り

ティラー・J・マッツェオ

羽田詩津子 訳 創元ライブラリ

◆

観光客の憧れの的、パリのホテル・リッツ。ナチス占領下にあっても、そこにはコクトー、サルトルらの作家、文化人、王族たち、ドイツ人将校の愛人となったシャネルのような女性たちも出入りしていた。パリ解放時には、従軍記者ヘミングウェイ、戦場カメラマン・キャパらが先を争いリッツを目差し、イングリッド・バーグマンはキャパと出会い恋に落ちる。まるでグランド・ホテル形式の小説のような傑作ノンフィクション。

＊

ナチスの絵画収奪、二重スパイ、レジスタンスに協力した伝説のバーテンダー……驚嘆すべき歴史！ ――カーカス・レビュー

エレガントなホテルの屋根の下、策謀をめぐらす歴史上の人物コレクション。 ――パブリッシャーズ・ウィークリー

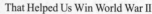

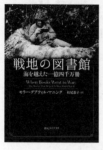